S. FISCHER

»Sie haben wie Bienen gearbeitet,
aber keinen Honig produziert.«

Ayse Yozgat

I. Das Gebirge

Über Stunden hinweg werden wieder ihre Besetzungsrügen und Anträge zu hören sein. Damit wird es anfangen, damit fängt es doch immer an, die Verteidiger positionieren sich eben. D. h. vor dem Verhandlungsbeginn werden mehr als zwanzig Minuten lang ausgewählte Fotografen und Kameraleute Aufnahmen von den Angeklagten machen, die sich abwenden werden oder unbeeindruckt zeigen, vielleicht etwas in ihren Kapuzen verschwinden. Danach erst werden die Richter den Saal betreten, und der Vorsitzende wird begrüßen. D. h., nachdem wir uns erhoben haben oben auf der Empore. Es werden Präsenzlisten vom Vorsitzenden Richter durchgegangen werden, etwas ausdruckslos wird er die Namen aller anwesenden Rechtsanwälte aufrufen, die der Bundesanwaltschaft, die der Verteidigung, die der Nebenklagevertreter. Ablehnungsgesuche und Befangenheitsanträge werden das Erste sein, was daraufhin zu hören sein wird. Damit wird jedenfalls das Gericht tagelang beschäftigt sein. Immer wieder wird es deswegen Unterbrechungen geben, Pausen, in denen Zigaretten geraucht werden können, draußen in der Spätfrühlingsonne auf dem Vorplatz, schnell ein Kaffee getrunken. Aber vorerst wird es um Gleichbehandlung und um Vorverurteilung gehen, vor allem um die mediale Vorverurteilung, die doch irgendwann den Senat erreichen könnte. Es wird um emotionale Nötigung gehen. Es wird die hohe Gefahr der Adhäsionsklagen durch die Nebenklage erwähnt werden. Es wird das Aufblitzen der Aufschrift »Waffenbrüder« an einem Kleidungsstück wahrzunehmen sein und Hakenkreuze in einem Brief eines Angeklagten an seine Familie erwähnt werden. Jemand im Gerichtssaal wird lautstark seine Verwunderung darüber kundtun. Und der eine oder die andere wird da unten immer wieder anmerken, dass Kollegen die Grundregeln der Strafprozessordnung nicht verinnerlicht hätten. Das wird sich wiederholen. Wir werden noch nicht alle da sein, wir werden erst so nach und nach eintreffen, über die Jahre hinweg wird immer wieder jemand dazu kommen und jemand wegbleiben, manche werden auch nie wiederkommen, ohne sich recht verabschiedet zu haben, und uns wird es erst einmal auch nicht auffallen. Mit unserer Vollzähligkeit wird ohnehin nicht zu rechnen sein. Wir wissen noch nicht, auf was wir uns da einlassen. Keiner im Saal weiß das so genau, in diesem Sitzungssaal, in dem sich so vieles wiederholen wird. D.h. unten auf dem Verhandlungsniveau werden sie schon etwas wissen, hier oben auf der Empore werden sie auch etwas wissen, zumindest die Medienvertreter, die Journalistinnen und Rundfunkmenschen, die hier neben uns sitzen und mitschreiben, die ihre Laptops und Notebooks mit hineintragen dürfen ins

Gericht, immer weiter hinein, bis sie ganz angekommen sind, während wir immer ein kleines Stück draußen bleiben. Während man uns nur einen Stift und etwas Papier erlaubt, ein Notizbüchlein, werden sie ihre Geräte hineintragen, ihre Geräte und ihre kollegialen Gespräche, die sie immer bereits haben und nicht erst entwickeln müssen wie wir, mühsam auswickeln, aus den Umständen herausholen: »Und was führt Sie hierher?« Die Anwesenheit der Medienvertreter versteht sich von selbst. Sie werden sich auf die rechte Seite setzen, von uns aus gesehen, während uns die linke Seite zugewiesen wird. Aber auch in unserem Teil sitzen einige, die sich bereits eingerichtet haben, eingeschossen auf das Gericht. Die Uninformierten werden anfangs ja auch nicht zu erwarten sein, die nur zufällig Reingeschneiten, die kommen erst später, wenn sich dieser Prozess herumgesprochen haben wird wie ein Gerücht, wenn er die Medienplätze allzu lange beansprucht hat, so dass er Alltag geworden ist, unser Münchner Alltag, wird es heißen, wie er durchaus auch ein Düsseldorfer Alltag hätte sein können, oder Stuttgarter Alltag, unser Berliner täglich Brot, denn bis vor kurzem wird noch nicht klar gewesen sein, wo genau es sich abspielen wird, dort, wo eine Tatorthäufung zu vermerken ist, also der Plausibilität nach München, also Oberlandesgericht München. Das Tatortprinzip wird greifen, wie es immer greift, wenn man sich der Sache gerichtlich nähert. Wir werden auftauchen, weil wir gehört haben, »da muss man einmal dabei gewesen sein!« Oder weil man uns zu verstehen gegeben hat als eine Art lakonischer Auftrag: »Geht da mal rein. Seht euch das an!«, als ob es da etwas zu sehen gäbe.

Und so werden wir reingehen. Wir werden den Ort ganz leicht finden, den modernen Siebzigerjahrebau, der nicht so zugewachsen wirkt von seiner Zeit, wie man es von anderen Siebzigerjahrebauten her kennt, aber dennoch über genügend Unübersichtlichkeit verfügt, um ein veritables Gericht darzustellen. Direkt an einen U-Bahnausgang herangerückt hat man das Strafzentrum, als wolle man mit aller Macht das Gebäude in der Stadt verorten, obwohl in ihm gerade die Stadt zu verschwinden droht. Die Stadt bleibt ja immer stärker zurück hinter Gerichtstüren als hinter anderen Türen, in diesem Fall wird sie sehr weit draußen bleiben, zu weit draußen. Die Stadt wird ihre Gedenktafel erst Monate nach dem Prozessbeginn anbringen, sie kann sich eben erst sehr spät dazu entschließen, der Morde zu gedenken, die hier passiert sind. Freilich nicht direkt an diesem Platz mit seinem Price-Waterhouse-Coopers-Gesicht, den Büro- und Wirtschaftsgroßbauten, in deren Erdgeschossen diverse Restaurants, *dean&david*, Italiener und Coffeeshops eingebaut sind, für die Mittagspausen, aus denen die Gegend manchmal alleine zu bestehen scheint.

Wir werden also wie eine zufällig zusammengewürfelte Gruppe der Zuhörenden und Weghörenden wirken, denn manchmal muss man auch weghören, manchmal muss man einfach abschweifen, denn die Dinge werden sich ja wiederholen. Wir werden das alles bald kennen. Wir sind dann der Mittwochskreis oder der Donnerstagstreff und die Dienstagsrentner, die wissen wollen, wie das mit ihrem Rechtsstaat läuft, die wachen Bürger, wie es immer heißt, die sich nicht Aktivist*innen nennen wollen, oder Interessensgruppe, die, die fürs Ganze stehen wollen und mit allen reden können, selbst mit »den Rechten«. Wir werden die sein, die man nicht wirklich wahrnimmt im Gericht, aber von denen man weiß, dass sie da sein müssen. Die Neugierigen und scheinbar Unbeteiligten, die, die erst mal auf keiner Seite stehen, sondern dem Handwerk des Richters zusehen wollen, dem Funktionieren der Maschine, die historisch und zeitgeschichtlich Erschreckten, die Aufgeschreckten, dass so eine Mord- und Terrorserie in Deutschland möglich sein kann. Wir werden die sein, die sich wundern.

Aber jetzt geht es erst einmal darum, überhaupt in den Saal hineinzukommen. Die Zeiten, in denen man sich nachts anstellen muss, um einen Sitzplatz auf der Empore zu ergattern, werden schnell vorbei sein, ist erst einmal die Anklageschrift verlesen, wir werden bald alle bis zur Polizistin an der Sicherheitsschleuse beim Eingang vordringen können, der Beamtin mit den gefärbten Haaren, die immer da sein wird, all die Jahre. Die all die Gesichter sehen wird, die Gesichter der Interessierten, der Angehörigen, des Publikums, die an ihr vorbeimüssen. Der Publikumsandrang wird nur an den sogenannten Höhepunkten des Prozesses wieder anschwellen, den sogenannten Aussagetagen, den Schlussplädoyers und dem Urteil. Dazwischen liegen die Weiten des Gerichts, die unendlichen prozessualen Mühen, die eine jahrelange Zwangsgemeinschaft ergeben in den Räumlichkeiten des Saals 101. Jetzt stehen wir etwas erschöpft vor der Beamtin, die man sicher nicht fotografieren darf, aber so genau wissen wir das nicht. Wir haben auch kein Problem, ihr zu begegnen bei dem Laufband für die Sicherheitskontrolle, installiert zur Gefahrenabwehr. Denn ins Gericht dürfen keine Gefahren kommen, zumindest nicht von unserer Seite. Wir werden die Dame in Uniform jedenfalls freundlich grüßen, und sie wird freundlich zurückgrüßen, doch sie wird mit uns freilich noch kein Schwätzchen halten, das werden wir uns erst erarbeiten müssen.

Vielleicht aber wird es bei uns von Anfang an nicht so wirken, als ob wir die zwei Stockwerke hinauf zur Empore überwinden müssten, es wird vielmehr den Anschein haben, als säßen wir immer schon drinnen im Saal und hätten uns bereits eingerichtet wie Geister, die man in Kauf nimmt bei so einem Verfahren. Von dort aus werden wir jedenfalls in aller Ruhe zusehen, wie sich die Rechtsanwälte positionieren, wie sie sich in Stellung bringen, vor allem die Verteidiger, die sich mal einen Schlips aus der Innentasche eines Jacketts holen und auseinanderrollen, mal die Robe einfach anziehen, mal den Sichtschutz auf ihre Notebookbildschirme kleben. Wir werden uns über dies und das wundern, ganz im Gegensatz zu den Journalistinnen und Juristen, die sich selten wundern, weil sie die Vorgänge schon lange kennen aus anderen Gerichten, von anderen Prozessen her, dem Kunstfälscherprozess, dem Kachelmannprozess, dem Zumwinkel- und Cumexprozess, dem Mannesmannprozess, sich aber auch wiederbegegnen werden beim Gröning- und Lübckeprozess, dem Freitalprozess, dem Prozess um die Oldschoolsociety und Halleprozess, dem Hoeneßprozess, dem Krankenpflegerprozess, dem Mordprozess um das Horrorhaus in Höxter oder dem Rockerprozess in Berlin.

Wir wollen einfach sehen, was in diesem Land geschieht, und wo kann man es deutlicher sehen als in den Gerichtssälen dieses Landes, vor allem in diesem historischen Prozess, den man einmal den Nachwendeprozess schlechthin nennen wird. Wir werden diesen Ort, der unsere Demokratie absichert, betreten müssen, denn betreten haben wir bisher eher so ein Rechthabenwollen, unser Bedürfnis nach dem Richtspruch, schon morgens nach dem Aufstehen dieses Bedürfnis, auf der richtigen Seite zu stehen, unsere Sehnsucht nach dem Urteil, das uns hierherbegleitet hat. Ja, wir werden einen Fuß hineinsetzen wollen in den Ort, an dem jetzt schon von einem Parallelverfahren die Rede ist, hier oben auf den Rängen, das bereits durch die Medien laufe und verurteilt hätte, wo doch erst zu urteilen ist, wie die Verteidiger nicht müde werden im Lauf des Prozesses zu betonen, und zwar durch ein rechtsstaatliches Verfahren, dem gewisse Grundsätze und Prinzipien zugrunde liegen. Haben wir bereits etwas verpasst? »Keine Sorge«, ruft man uns zu, »wir fangen erst an.« Aber das stimmt natürlich nicht. Nur hier im Saal fangen sie erst an. Nur hier drinnen richten sich erst alle auf ihren Plätzen ein, nur für uns haben sich die Gerichtstüren noch nicht geöffnet, und die Richter mit ihrem Vorsitzenden sind noch nicht erschienen, nur wir haben uns noch nicht erhoben und wurden vom Richter noch nicht mit einem dreifachen »Guten Morgen« begrüßt. Die unerhörte Medienaufmerksamkeit ist auch noch dabei, sich zu sammeln und zusammenzuballen, um dann wieder abzuebben und in den Redaktionen als Überdruss festzuwachsen. Aber keiner, das möchten wir an dieser Stelle betonen, wirklich keiner kann behaupten, der Prozess gehöre nur ihm und niemandem sonst. Das Gebirge, als das er bezeichnet werden kann, wird sich bald schon hochschieben und über die Jahre wachsen, und am Ende wird der Raum voll mit ihm sein, bis es kaum noch Luft gibt zu atmen.

Anklage

Aber ob das Gericht für eine schnellstmögliche Verlesung der Anklage sorgen könne? »Das Gericht könne doch dafür sorgen, dass es endlich zum Kern der Sache vordringt«? Wer das geäußert hat, ist erst einmal schwer für uns einzuordnen. Das war vermutlich der Jurist, der hier unbedingt das Wort ergreifen muss, denn wo kommen wir hin ohne juristische Schützenhilfe. Doch wo ein Jurist ist, ist mit Sicherheit auch ein zweiter, und wo zwei Juristen sind, herrschen drei Meinungen, das weiß man ja. Wir allerdings haben keine Ahnung, wir verstehen einfach nichts von der Sache, nicht wann und wo wir sind, denn das Verlesen der Anklageschrift ist nicht der Anfang, der liegt im Ermittlungsverfahren, informiert man uns auch schon, wir sitzen immer nur neben den Halb- und Volljuristen, Erklärburschen erster Güte. »In einem Prozess dieser Größenordnung«, sagen unsere Sitznachbarn auch schon, »gibt es immer mindestens zwei von uns.« So stellen sie sich dann lachend vor, in den Rängen sitzend, auf der Empore, aus ihrem Berufsalltag kommend, aus ihrem Bescheidwissen. Für solche wie uns aus dem Tal der Ahnungslosen würden sie wie gerufen kommen. Wir seien anscheinend noch nicht ausreichend orientiert, setzt der nach, den wir probehalber den O-Ton-Juristen nennen, der Herr Kollege, als ob wir nicht ausreichend reagiert hätten. Er wolle einmal bei dem Prozess vorbeischauen und ist auch tatsächlich erschienen, was er selbst nicht ganz glauben kann, schließlich habe er da einen Termin in Stuttgart oder in Nürnberg, man weiß es nicht genau, ein Herr ist er auf jeden Fall, denn O-Ton-Juristen und Kollegen sind immer noch männlich, sie stehen auf und sagen was und sind männlich. Er aber sitzt eher, d.h., er sitzt eher fest, in anderen Verhandlungen, wo er sich stets auf der Verteidigerseite befindet. Dort, wo man Bauunternehmer, Betrüger und Wirtschaftskriminelle verteidigen kann, »Staatsschutz und Kapitalverbrechen mache ich nicht«. Er wird also nicht jeden Tag da sein können und jeweils nur kurz vorbeischauen, und so ist es nur gut, dass er einen Auswechselspieler hat, den Gerichtsopa. Jemand mit mindestens einer Beamtenlaufbahn im Nacken, mit mindestens ein, zwei oder drei Behörden hinter sich, wo andere sie vor sich sehen. Und dennoch bezeichnet er sich bloß als einen der Donnerstagsrentner, die sich hier tummeln und später noch in der Kantine zusammenkommen werden – obwohl er strenggenommen jeden Tag hier sei, er verpasse nicht einen einzigen. »418 an der Zahl!« – »aber nein, über Zahlen streitet man sich doch noch«, widerspricht er uns gleich, denn die Zukunft steht noch nicht fest, und am Anfang weiß keiner, wie lange so etwas dauern wird. Mit fünf Jahren rechnet jedenfalls niemand. Und es stimmt: Über Zahlen streiten wir uns am häufigsten. Der Gerichtsopa sei jedenfalls keine von den Eintagsfliegen, setzt er seine Selbstvorstellung fort, nicht so, wie diese Kunststudentin, die hier ihren Zeichenkurs abhält, nur um dann wieder zu verschwinden. Oder der Rechtswissenschaftler, der nur einmal vorbeischaut, um sich ein Bild zu machen, um dann wieder zu verschwinden. Die Politologinnen, Schülergruppen, Antifas, die ihre Exkursionen hierher planen, aus anderen Bundesländern, um einen schnellen prüfenden Blick auf unseren Rechtsstaat zu werfen und dann wieder abzuziehen. Ja, alle, alle werden sie verschwinden, aber unser Gerichtsopa ist von seiner Anwesenheitsgründlichkeit am ehesten vergleichbar mit der Frau aus der türkischen Botschaft, die stets ein gerichtsfremdes Buch bei sich trägt, vermutlich einen Roman oder die Biographie eines Schauspielers, denn wir werden nachgefragt haben, ganz sicher.

Jetzt aber fragt einer: Ob das Gericht für eine schnellstmögliche Verlesung der Anklage sorgen könne? Das kam jetzt von unten, Nebenklage oder Verteidigung, die doch stets auf dem Beschleunigungsgrundsatz des Gerichtes beharrt, um an die Untersuchungshaft seiner Angeklagten zu erinnern. Der Block der Nebenklagevertreter ist von uns oben nicht einzusehen, weil er sich direkt unter uns befindet und die Videoübertragung am Ende des Saales keine Einzelpersonen erkennen lässt, nur eine Ansammlung von Menschen, die immer als »die Nebenklage« adressiert wird, obwohl es sich um fünfzig, mal sechzig, im Prinzip um die neunzig Anwälte handelt, die die Angehörigen der Opfer und die Überlebenden vertreten, damit sie neben dem Staat, der in diesem Fall der Kläger ist, auch eine Stimme haben, damit auch sie ein Fragerecht haben, »denn das Fragerecht ist das Wesentliche in der Beweisaufnahme«, fährt er fort, »und die ist hierzulande ebenso wie alle prozessualen Momente dem Prinzip der Mündlichkeit unterworfen«. Hier wird also gesprochen werden, dürfen wir annehmen, wenn Beweisstücke gezeigt werden, »ja, und zwar immer im Hier & Jetzt«, versichert uns der Herr Kollege weiter, und wir überlegen uns eine Weile, ob das Hier & Jetzt etwas

Tröstliches hat oder etwas Entsetzliches, angesichts der langen Zeitstrecke, die es abzudecken gilt. Dass die Worterteilung das Thema sein wird, welches immer wiederkehrt, ebenso wie der Verdacht der Prozessverschleppung, können wir allerdings jetzt noch nicht ahnen.

Über die Unübersichtlichkeit des Prozesses machen wir uns noch keine Gedanken, auch wir werden immer weiter wollen, die ganzen Präliminarien, wie wir sie eine Weile noch bezeichnen werden, interessieren uns nur insofern, als wir sagen können, sie gehören dazu. »So ist halt die Juristerei«, kommt bereits fachmännisch aus unseren Mündern, als wäre das Fachmännische irgendeine ansteckende Krankheit, die man sich hier schneller als anderswo zuziehen kann.

»Die eigentliche Frage ist doch«, so unterbricht uns eine Person hinter uns, »ist das Morden schon vorbei?« – »Wissen Sie«, kommt sofort standardmäßig von uns, »wir sind ja keine Juristen, wir können da keine Auskunft erteilen«, informieren wir die junge Frau. Diese wiederholt aber: »Ist das Morden schon vorbei? Ist die Angeklagte mit den Katzenkörben ein für allemal an uns vorübergegangen und kehrt nicht wieder, vielleicht in einer anderen Version?« Wir zucken mit den Achseln. So was wissen wir nicht. Sie erwartet ohnehin keine Antwort. »Oder«, spricht sie schon weiter, »ist nicht längst eine andere nachbarschaftsfreundliche Person unterwegs, mit anderen Sportsfreunden an ihrer Seite auf ihren Fahrrädern, die von Geschäftstür zu Geschäftstür gehen und manchmal abdrücken, manchmal auch nicht?

Sind nicht in Wirklichkeit andere unterwegs, die sich aufs Video- und Bombenbasteln verstehen, um den großen Bevölkerungsaustausch zu verhindern, von dem sie immer faseln?« Wir wollen die junge Frau nicht unterbrechen, aber man versteht ja gar nicht mehr, was da unten abläuft, wenn sie nicht aufhört zu reden. Ob sie mal still sein könne, wir wollten zuhören, das Gericht sei ja eher der Ort fürs Stillsein, zumindest für unsereins, setzen wir hinzu, doch die Frau denkt gar nicht daran, still zu sein. »Aber ja«, fügt der Gerichtsopa gutmütig hinzu, das könne man sich schon vorstellen, worauf die junge Frau hinauswolle. – »Was können Sie sich vorstellen?«, blafft diese ihn an. Der Gerichtsopa schweigt einen Moment. »Wie das ist, wenn der eigene Vater unter den Opfern sein könnte, der eigene Bruder, der eigene Sohn?« Dazu sagt er erst einmal nichts. Bevor eine peinliche Stille entsteht, geben wir bekannt, dass sich unser Vorstellungsvermögen auch erst in den kommenden Wochen und Monaten von Zeugenaussagen entwickeln wird, noch seien wir nicht so weit, wir alle nicht. Vorerst lässt auch der O-Ton-Jurist um Ruhe bitten. Der Gerichtsopa lässt um Ruhe bitten, die Figuren rund um uns machen psssst, da haben die Justizvollzugsbeamten gar nichts mehr zu tun.

Insofern wird die Frage, ob eine andere Katzenfrau noch unterwegs ist, erst einmal weitgehend unbeantwortet bleiben. Die Erklärburschen finden solche Überlegungen von vorneherein unsinnig, denn wenn das Gericht beginnt, setzt automatisch eine Vergangenheitsform ein.

Etwas ist vorbei, garantiert es uns, und das ist ja gerade das Erleichternde. Über Zukünftiges kann man nicht richten, das ist ja logisch, die Sache muss als abgeschlossen definiert sein, das ist die Aufgabe der Staatsanwälte, und das haben sie ja wohl gemacht, das zumindest wohl. Und wenn später einige im Saal die Dinge offenhalten wollten, dann sei das ihr Problem, »das hat mit dem Wesen des Gerichts nichts zu tun«, werden wir bald allen erklären, ob sie es hören wollen oder nicht.

Inzwischen haben wir uns ja auch mit den Räumlichkeiten vertraut gemacht, wir kennen diesen Gerichtssaal beinahe in- und auswendig mit seinem indirekten Licht, das den gesamten Prozess beherrschen wird trotz der zahlreichen Tageslichtsimulationen. Keine Gegenlichtprobleme können hier entstehen wie in anderen Prozessen mit anderen räumlichen Situationen, eher Lichtlosigkeitsprobleme. Von der Empore oben wird kaum wahrzunehmen sein, dass die Bundesanwaltschaft etwas erhöht sitzt, sozusagen auf Richterniveau, während der Rest, Verteidigung, Angeklagte, Nebenklage und Zeugen, von unten aufsieht zum Vorsitzenden. An dieser Sitzordnung wird während des ganzen Prozesses nicht gerüttelt werden, das ist ja der Witz, flüstert der Gerichtsopa, dass die Sitzordnung bestehen bleibt. Der Witz kommt bei uns wohl nicht ganz an, weil wir bereits wissen, dass die Hauptangeklagte daran sehr wohl rütteln wird wollen.

»Zukunftsmusik!«, werden wir aber schon unterbrochen, das sei die reinste Zukunftsmusik, was wir da äußerten, und jetzt haben wir die Verlesung der Anklageschrift wohl übersehen, wir haben den Prozessauftakt und die Verlesung der Anklageschrift verpasst, oder warum ist jetzt die Rede davon, dass bei der Kanzlei des sogenannten Szeneverteidigers aus Cottbus eine Scheibe eingeschlagen worden ist, und warum ist jetzt bereits eine Unterbrechung notwendig, weil ein Angeklagter wegen medizinischer Probleme kurz behandelt werden muss? Wir, sagt der O-Tonler, hätten nicht einkalkuliert, dass der Prozess in Wirklichkeit schon länger laufe, d.h. vor allem die Untersuchungshaft laufe schon, sie laufe während der Vorbereitungszeit, der Ermittlungsphase, und sie laufe mit der Zeit ihnen davon, deswegen das Beschleunigungsgebot, auf das alle Prozessteilnehmer zu achten hätten. Wir hier oben haben auf kein Beschleunigungsgebot zu achten, wir sind ja auch nur Beobachter und befinden uns lediglich immer nur in der Hauptverhandlung, die um 11.50 für die Mittagspause unterbrochen werden wird. In der Hauptverhandlung, in der im Prinzip schon alle Würfel gefallen sind durch die Anklageschrift, die einen engen Zirkel gezogen hat um ein Trio, ein kleines fachmännisches Trio mit vier mutmaßlichen Helfern, das das alles alleine angestellt haben soll, die zehn Morde, die Kölner Bomben, die Banküberfälle, mitsamt den ganzen Recherchen, wie der 10 000er Liste, in der zehntausend Personen aus ganz Deutschland zu potenziellen Angriffszielen erklärt werden – Politiker, Juristinnen, Ärzte, Künstlerinnen. Das ist ja ganz schön viel Arbeit, die die unternommen haben müssen, und ein Wissen, das sie ganz alleine zusammengetragen haben, ätzt die junge Frau, der wir bereits den Namen Yildiz verpasst haben, weil sie sich nur mit dem Vornamen vorgestellt hat, und so nennen wir sie deswegen Vornamenyildiz, als hätten wir schon eine Nachnamenyildiz im Kopf, die man irgendwann verabschieden kann.

»Ihr glaubt doch nicht, dass man so was alleine anstellen kann!«, setzt sie nach. Bei diesem Trio und den vier Mutmaßlichen wird es aber bleiben, »da fährt die Eisenbahn drüber, zumindest in diesem Prozess«, erwidert der Gerichtsopa, auch wenn es zahlreiche Beweisanträge der Nebenklage hageln wird, die aber oft genug vorbeihageln werden an diesem Gericht, kaum Treffer, so wird es aussehen. Die Anklageschrift lege fest, was am Ende rauskommen könne. Wissen wir, auf die warten wir doch!

Irgendwann später wird sie dann doch verlesen, und die Taten werden zum ersten Mal zu hören sein und deren Brutalität deutlich werden. Ein Flüstern wird beginnen, das Flüstern, das einen ganzen Prozess durchziehen kann, und das wir abzustellen nicht in der Lage sind. Einen Moment lang wird z. B. die Abtrennungsgefahr im Verfahren die Runde machen. Ein ganzer Tatort aus der Tatortserie könnte hinten runterfallen, wird uns zugeflüstert, weil die Nebenkläger zu viele sein werden, ein Kölner Tatort mit seinem Bombenanschlag, und die diesem Kölner Tatort zuzurechnenden Nebenkläger auch zahlreich, wird jemand neben uns weiterflüstern. Wir werden einen Moment nicht aufgepasst haben, waren abgelenkt durch irgendetwas, haben uns gebückt, um etwas vom Boden aufzuheben, das zuvor heruntergefallen ist, ein Kugelschreiber, ein Bleistift, das Taschentuch, das wir mitnehmen durften. Hier drinnen kann einem ja gar nicht viel herunterfallen, so viel ist klar, das meiste wurde einem abgenommen. Selbst den Kugelschreiber werden wir aus Sicherheitsgründen bei der Durchsuchung in seiner Funktionstüchtigkeit vorgeführt haben müssen, »denn was habe man nicht schon alles erlebt!« Das ist aber die Aussage der Beamtin bei der Sicherheitsschleuse, die nun doch angefangen hat, mit uns zu sprechen.

Gewisse Personen hätten Mikrokameras, eingebaut in Kugelschreiber, ins Gericht geschmuggelt, um zu filmen, »und danach haben sie jemanden erpresst!«, setzt sie hinzu und freut sich an unseren erschreckt blickenden Gesichtern. Unsere Ausrufe: »Nein wirklich! Was es alles gibt!«, sammelt sie amüsiert ein und nimmt uns alles Weitere ebenfalls ab, um es in die polizeilichen Ablagefächer zu legen. Und da liegen sie, all die Dinge, die den ganzen Prozess über unten bleiben müssen, die Tüten und Rucksäcke, die Notebookcases und Handtaschen, die Köfferchen und Schals, die Mäntel und Jacken. Wir fragen uns: Was geben die Gerichtsrentner ab? Was wollen sie eigentlich hineintragen und was nicht? Und was wollen die Studentinnen und Schülergruppen eigentlich loswerden? Und was die organisierten Fahrgemeinschaften, die rechtsextremen Freundschaftsvereine, was die juristischen Kollegen und was die dezidierten Neonazis, von denen wir stets sagen, dass wir sie noch nicht zu Gesicht bekommen haben. Wir sehen sie einfach nicht.

»Ihr seht wohl durch sie durch«, unterbricht uns jetzt der junge Typ aus der Reihe hinter uns, der immer alles mitschreibt. »Ihr wollt sie gar nicht erkennen. Aber das könnt ihr euch nicht mehr leisten!« Nachdem, was passiert sei, dürfe man nicht mehr durch Nazis hindurchsehen, man müsse immer auf sie draufsehen und dann erkennen. Zum Draufsehen seien wir vermutlich zu abgelenkt von dem Prozessgeschehen, versuchen wir abzuwiegeln – oder sind wir vielleicht immer an den falschen Tagen da? Vielleicht lassen wir ja gerade die Geburtstage der Angeklagten aus, oder die Befangenheitstage, die Antragstage der Verteidigung, gewisse Aussagetage, an denen die Nazis auftauchen. »Nein! Ihr lasst überhaupt keine Tage aus«, fährt er uns an, als könne er das bestimmen, »ihr bleibt immer schön da, dann lernt ihr das schnell.« Die Rechtsextremen seien nämlich sehr wohl sichtbar, sie würden darüber hinaus durch ihre Kleidung Botschaften in den Gerichtssaal hineintragen, T-Shirts mit einer 88 bedruckt oder einer 18, ein Alphabetcode für Eingeweihte, halb verklausuliert, halb offen, die man schon verstehen könne, wenn man nur wolle, aber wir wollten offenbar nicht.

Wir verstehen derzeit nur, ein jeder möchte etwas ins Gericht hineintragen, wir möchten aber eher etwas loswerden. Wir müssen Dinge mitnehmen, die wir lieber nicht dabeihätten, für die es aber keine Polizeifächer gibt, Dinge, die uns leicht gebückt gehen oder vorsichtig werden lassen und uns am Gericht festklammern lassen. »Die Angst um das nackte Leben wird wohl nicht dabei sein«, spottet der Typ hinter uns, wir seien einfach noch nicht auf der Liste derer, die täglich bedroht sind, die jetzt immer um ihr Leben fürchten müssen, weil dieser Staat nicht in der Lage ist, sie zu schützen. Sie hat uns auf dem Kieker, werden wir schon bald bemerken.

Zur Zeit ist es allerdings nur dieses eine Taschentuch am Boden, nach dem wir uns strecken, während wir uns etwa zuflüstern lassen, denn es geht schnell zu im Gericht, und hat man mal nicht aufgepasst, hat man schon wieder etwas versäumt. Immer wieder wird da Schnelligkeit in Langsamkeit hineingepackt, von Zeugenaussage zu Zeugenaussage geht das, von Befangenheitsantrag zu Befangenheitsantrag, Schnelligkeit, die ihre Funktion hat, und hast du dich nicht versehen, sind alle schon einen Schritt weiter. Die relativ hohe Geschwindigkeit, in der Anträge und Einwürfe, Einlassungen und Widersprüche vorgebracht werden, hat ihre Gründe, genauso wie das Gemurmel und die dialektale Verschleifung, das Stottern und das undeutliche Sprechen insgesamt, wenn etwas nicht wirklich gesagt werden soll, was aber gesagt werden muss. Denn neben den Schutzparagraphen, § 55 StPO und § 52 StPO, das Auskunftsverweigerungsrecht bei Gefahr der Selbstgefährdung sowie der Gefährdung von nahen Familienangehörigen, bleibt das Genuschel und Genöle zahlreicher

Zeugen, das Verhastete und Strauchelnde, was uns das Mithören neu lernen lassen wird, und das Erstaunen, wie das alles so laufen kann.

Man erhoffe sich Aufklärung, werden die Angehörigen und Überlebenden nicht müde zu betonen, die Unterscheidung von Sieg und Niederlage, erfahren wir, ist keine, die Angehörige mit sich herumtragen, das tun andere. Aber hochgerissene Arme, Jubeln und Grölen, das Abfeiern eines halben Freispruchs, das liegt auch außerhalb unseres Vorstellungsraums.

Zeugen

Die Welt wird sich also erst einmal in aussagewillige und aussageunwillige Zeugen einteilen lassen. In halb aussagebereite und ihr Schweigerecht in Anspruch nehmende Angeklagte. In erinnerungsschwache und erinnerungsunwillige Zeugen, in Gedächtnisunfähige, denn wie soll man das anders bezeichnen, wenn der Alkohol alles ausgelöscht haben soll, was jemals geschehen ist. In über ihre fehlende Erinnerung aber auch nicht wirklich Stolpernde, sie eher lässig Herzeigende: »Ich bitte Sie, das ist zehn, fünfzehn, zwanzig Jahre her!« Die fehlende Erinnerung wird eine Hauptrolle spielen in diesem Verfahren, keine tragende, sondern eine kurzatmige, die dennoch auf dem Ganzen liegt. »Aber man muss schon einsehen«, fordert uns der Gerichtsopa auf, »wie soll man sich denn an einzelne Straßenszenen erinnern können, die zwanzig Jahre her sind?«

Der Gerichtsopa findet das alles hier nur spannend. Das ist die Hauptsache. Einfach nur spannend, besser als TV. Das ist das echte Leben, sagt er andauernd, hier geht es um Tatsächlichkeiten. Er wird sich besonders einfühlen wollen in die Situation der Nachwendespontanen, die hier versammelt werden und die sich nichts merken können, da sie immer nur den Alltag gesehen haben und nicht den Mord in ihm. Wir werden uns dem nicht anschließen können, uns fehlt da anscheinend das entscheidende Vorstellungsvermögen, wir wissen nur, dass ganz am Anfang dieser Erinnerungsreihe dieser eine halb aussagewillige Angeklagte steht, der eine Jugendstrafe zu erwarten hat, weil er noch so jung gewesen ist, damals, als er die spätere Tatwaffe den Mutmaßlichen übergeben hat. Ja, ganz am Anfang wird der Waffenüberbringer von damals stehen, der einen Linksradikalen von einem Rechtsradikalen nur durch sein Outfit unterscheiden wird können, und daneben gleichzeitig Reue zeigen. Dieser Überhang der Mode gegenüber der Politik wird sich in der Aussage vieler wiederholen, als wäre es ein diffuser Ausweg, den man wählen kann. Es wird eine Jugendkultur erscheinen, die so tut, als hätte sie sich niemals organisiert, eine Schule der Gewalt in Nachwendejahren, in denen die Outfits erste Anker waren, bewusst gesetzte Angriffspunkte, Zugehörigkeitsmomente, die wie Blätter auf einer Oberfläche schwimmen, genug, um alles Weitere zu verdecken. Das passt gut zu unserem Erstaunen, was es alles um uns herum gegeben haben wird und wie wir jede Menge übersehen haben werden. Wir werden ja von nichts gewusst haben, erklärt man uns, obwohl wir etwas wissen hätten können und in den 90er Jahren durchaus etwas gewusst haben, aber wir werden die Nullerjahre vermutlich anders verbracht haben, nämlich im Glauben, dass die Nachwendenazis Vergangenheit seien, dass es irgendwie aufgehört hat, von alleine aufgehört, als sei es ein Modethema, das vorübergegangen ist. Weil wir nicht vor Ort mit der falschen Hautfarbe hätten leben müssen, sagt man uns. Ihr seid die mit der richtigen Hautfarbe. Ihr seid die, die nichts von ihrer Hautfarbe wissen müssen, während andere ständig mit ihrer Hautfarbe konfrontiert sind, ihr Aussehen als Dauerthema haben, »sagt jetzt nichts, ja?« In den ganzen Nullerjahren werden wir also die Nazis übersehen haben und mit übersehen das Tatgeschehen, das wir einer Türkenmafia zugerechnet haben oder einer diffusen Kleinkriminellenszene. Wir werden nicht weiter darüber nachgedacht haben, so was kommt vor, dass man nicht darüber nachdenkt, wir waren eben anderweitig beschäftigt. Mit was wir beschäftigt waren, erklärt man uns nicht, wir hören aber schon im Kommentar des Gerichtsopas, solche müsse man eben aushalten. Solche gebe es in jeder Gesellschaft, fährt er fort, das seien die berühmten zehn oder fünfzehn Prozent, niemals die Mehrheit, und es seien ja auch nicht alle gewaltbereit, die wir da sähen. »Was für ein Unsinn! Wer muss was aushalten!«, ruft die Vornamenyildiz hinter uns, als hätte sich jede Menge Frust in ihr angestaut, das ist eben diese Generation. Wir denken insofern, vor der Nachnamenyildiz wird noch eine Grundsatzyildiz einzubauen sein, aber so weit sind wir noch nicht.

Sie spricht aber schon weiter und bezeichnet das Label Thor Steinar als eindeutig. Wir nicken mit dem Kopf, werden allerdings noch eine Weile Schwierigkeiten haben, Tattoos einzuordnen, gewisse Looks, die man als inflationär beschreiben könnte – Undercut, Hipsterbärte, Glatzen, Scheitel, »Scheitelträger vs. Glatzen«, altdeutsche Schriftzüge da und dort, ein gewisser Gebrauch der Deutschlandfahne, die plötzlich über die Deutschlandfahne hinausgeht und mal schnell ihre Farben gewechselt hat. Es wird uns überfordern, diese ganzen Nazis herauszufiltern aus der heute üblichen modischen Gemengelage, mit all dem Dark Metall- und Esoterik-Boom, den neuen Männlichkeitsentwürfen der Hipster, wie das der junge Mitschreiber-Typ neben der Vornamenyildiz macht, als würde er eine Fremdsprache fließend sprechen. »Bist du Modefreak?«, fragen wir ihn endlich, und er sagt, »nein, ich bin Blogger.« »Und Bäcker«, setzt er nach einem kleinen Augenblick hinzu, »so von meinem Job her.« Er komme jeden Morgen von seiner Schicht, seiner Nachtschicht in einer Großbäckerei. Wir ahnen, dies wird es sein, was er uns öfter als alles andere erzählen wird, auch, dass er sich ca. 400 Mal aus seiner Schicht herausbewegen und in dieses Gericht hineinbewegen wird, denn er wird der treueste Gast sein, er wird am Ende alle gekannt haben, wirklich alle. Er wird sogar mit den Prozessbeteiligten sprechen, was uns nicht in den Sinn kommt. Wir werden niemanden ansprechen. Nicht in den Pausen, nicht auf dem Flur, nicht vor dem Gericht. Aber der Bloggerklaus, der flitzt hin und spricht schon mit den Nebenklagevertretern, er flitzt her und spricht schon mit der Bundesanwaltschaft oder den Verteidigern, er kennt bald die Pressesprecher des Gerichts und bald die ganzen Journalisten. Wir würden das nie machen. Es wird ja auch zunehmend eine schlechte Stimmung herrschen, wissen wir, aber die schlechte Stimmung wird den Bloggerklaus – »ich heiße nicht Klaus« –, den Bloggerklaus wird es irgendwie nicht erreichen. Er ist da einfach immun dagegen. Immer gut aufgelegt, gleich was da auf ihn zukommt, einen Sinn in dieser Community sehend, die wir doch seien. Letztendlich, fügt er hinzu, als ob er sich vergaloppiert hat. Er wird uns ablenken mit seiner Fröhlichkeit und beginnt auch schon wieder von den Zeugen zu sprechen, mit denen er allerdings nicht so sehr in Kontakt gekommen ist, und wir fragen uns, was er machen wird, wenn er seinen Blog beenden muss. Denn irgendwann muss er das, irgendwann wird dieser Prozess ja auch zu Ende sein, sagen wir, und er sieht uns an, als verstünde er nicht ganz.

Wir werden erst einmal nicht Buch führen über die, die kommen und gehen, die, die kommen und wiederkommen und die bleiben müssen, das findet erst später statt, dann, wenn wir nicht mehr herausfinden aus dem Gericht, dann registrieren wir das alles genau, »also aufgepasst!« Ebenfalls gewiss ist jetzt schon, die in aussagebereite und nicht ganz so aussagebereite und gar nicht aussagebereite Zeugen aufgeteilte Welt wird sogenannte Überraschungen für uns bereithalten, denn wir werden gewisse Dinge nicht gewusst haben, wir werden jede Menge übersehen haben, wir werden darüber hinweggesehen haben, was sich so rund um uns ereignet hat, all die Jahre. Und nachdem wir überrascht worden sind, wird diese Welt am Ende aus unterschiedlichen Zahlen bestehen, die im Netz kursieren. Über 600, wird es heißen, oder 815, je nachdem, wie man rechnet. Ein ganzes Dorf an Zeugen jedenfalls, ein thüringisches Dorf beispielsweise, oder auch ein nordhessisches, wo es eben auch den Fuhrunternehmer, den Baumenschen gibt, Taxifahrer, Nachbarn, Ex-Junkies, ehemalige Nachbarn, Freunde, Eltern, Polizisten, schon weniger Vernehmungsbeamte, Angehörige, Sachverständige, Leichenbeschauer, mehr Ladenbetreiber, Musiklabelbetreiber, wieder Fahrzeugvermieter, Maschinenmechaniker, Tatortzeugen, zufällige Passanten, aufmerksame Mitbürger, potenzielle Arbeitgeber, Irrläufer und Irrläuferinnen, Sportmotorreparateure, Urlaubsbekanntschaften, Umfeldkollegen, Konzertveranstalter, politische Freunde, Mitpolizisten, Einkaufskollegen, Innenstadtbewohner, Nachbarn der Opfer, Einkäufer, zufälliges Gegenüber. Kinder von Nachbarn, Mitaufgewachsene, Sozialarbeiter, Überstellungsbeamte, Vollzugsbeamte, V-Männer und V-Frauen,

V-Mann-Führer, nicht zu vergessen Polizeidirektoren und LKA-Beamte und Überlebende. Angehörige der Opfer, die den Prozess begleiten werden. Die die merkwürdigen Aussageverweigerungen verfolgen werden, die Erinnerung, die steckenbleibt, die Erinnerung, die einfach fehlt, und die, die mehrfach fehlt, wo ihre eigene stets da ist. Die Angehörigen der Opfer werden sich ja immer ganz genau erinnern, wie das war, als ihr Vater, als ihr Bruder, als ihr Sohn starb. Sie werden genau wissen, wie sich alles zugetragen hat und wie es weiterging mit seinem Sterben danach, denn das Sterben wird nicht aufgehört haben, es wird nicht einfach Schluss damit gewesen sein, das Sterben wird auf sie übergegriffen haben. Jahrelang wurden sie verdächtigt, Türkenmafia hieß es, und eine BAO Bosporus wird ins Leben gerufen worden sein. Aufgrund ihrer Herkunft müsse es einfach einen kriminellen Hintergrund geben. Und so sei ihr Vater quasi durch seine eigene Ermordung irgendwie schuldig geworden, wird eine Tochter auch prompt sagen, nur wo? Werden solche Sätze wirklich im Gericht zu hören sein? Oder nur außenrum, um das Gericht herum? Solche Sätze wirken immer wie zum Gericht hinzugefügt, wie addiert zu der Beschäftigung mit den Taten, den Tätern. Das spielt hier keine Rolle, nehmen wir an. Eine Rolle spielt vielmehr die fehlende Erinnerung der Zeugen. Der Grad ihrer Bruchstückhaftigkeit wird uns ständig einholen und überholen, die Lücken im Gedächtnis werden immer schon weiter sein als der Moment ihrer Befragung, sie werden vorauseilen, und

Detaillücken werden sich flugs neben Riesenlücken ausbreiten, das Dummgestellte wird neben dem scharf konturierten Unwissen auftauchen, und immer wird es dann heißen, die Dinge seien ja schon eine Weile her, als ob das stimmte, denn sie werden nie eine Weile her sein, sondern für alle unterschiedlich lange her sein. Für die Angehörigen wird es immer erst gestern gewesen sein, für die Unwilligen immer Jahrzehnte her, oder sie tauchen immer erneut anders auf. Bei zeitgleich passierten Dingen machen sich die einen präsenter als die anderen, sie schieben sich eben in den Vordergrund, und andere Erlebnisse werden nicht einschneidend genug gewesen sein, sondern nur eine Situation, wo man mal mitgefahren ist, eine Autofahrt zurück nach Hause von der einen Stadt zu der anderen, um sogenannte Szenefreunde zu besuchen, oder von einem Rechtsrockkonzert zum anderen. Dies wird eine banale Systematik haben, die man als politische beschreiben könnte, wenn man nur wollen wird. Wir wollen aber nicht, weil wir derzeit mit etwas anderem beschäftigt sind. Zwei Männer haben sich nämlich vor uns gesetzt, die am liebsten den ganzen Raum einnehmen würden. Man muss sich um sie herumbeugen, man muss sich seitwärts drehen, um noch etwas zu sehen. »Sie versperren uns ja die ganze Sicht!«, rufen wir und wissen, dass da keine Antwort kommt oder nur so eine wie »was wollense denn hier sehen?«

Vor solchen Momenten haben wir Angst, denn das sind wohl die, von denen immer die Rede war, quasi die

Abziehbilder der Angeklagten. Besucher, die von der Täterseite her kommen, nicht von der Opferseite, auch wenn die direkten Angehörigen nicht hier oben sitzen, sitzen doch die, die sich der Opferseite zurechnen, hier oben. »Jetzt haben wir sie erkannt«, informieren wir die Vornamenyildiz. – »Ich hatte gestern auch einen«, flüstert eine ältere Dame zwei Sitze neben uns, ganz eindeutig, »der müffelte, das war sehr unangenehm, da konnte man nicht umhin, den Platz zu wechseln, aber es war nichts frei.« – »Das war kein Nazi«, widerspricht der Bloggerklaus, »das war irgend so ein Irrläufer.« – »Da wäre ich mir nicht so sicher, du hast doch die stadtbekannten Nazis gesehen, die draußen standen.« Und auch die heutigen Sitznachbarn des Bloggerklaus – »he, ich heiße wirklich nicht Klaus! Lasst das mal mit dem Klaus!« –, die dauernd tuscheln, seien einfach nur von einem anderen Stern. »Zudem stimmt es nicht – hier funktioniert das nicht mit der Täterseite und Opferseite«, ruft die Vornamenyildiz, »in diesem Gericht sitzen auch andere, Schüler*innen und Bürger*innen, die genau zusehen wollen, was der Staat hier macht.« »Genau«, pflichtet der Gerichtsopa ihr bei, »und Rentner.« Jetzt aber mal Ruhe, wird der Richter gleich mehrfach sagen, und dann werden wir hier oben still sein. Wir werden eine ganze Weile still sein, und der Raum wird tatsächlich auch einen Moment lang stillstehen.

»Ach«, beginnt nach einer Weile etwas schnippisch die Vornamenyildiz von neuem, »die ganze rechte Szene weiß mittlerweile, dass man das Gericht in München an der Nase herumführen kann.« Oder fragten wir uns nicht auch, warum der Richter hier keine Beugehaft oder zumindest Bußgelder verhänge? Wie es aussieht, werden wir wieder nicht mitgekriegt haben, dass da unten einer offensichtlich gelogen hat, weil wir mit den Emporennazis beschäftigt sind. Wie es aussieht, werden wir gleich wieder nicht mitkriegen, dass einer draußen vor der Tür das Geschehen hier als eine Faschingsveranstaltung bezeichnen wird. Der Bloggerklaus wird aber genau aufpassen und kann dann mitteilen, dass es zu keiner Konsequenz kommen wird. Der Richter wird warnen, und dabei wird es bleiben. Aber jetzt sind erst einmal die anderen Umfeldzeugen dran. Am Ende mache das Gehirn so Sachen, wird von einer zu hören sein, und reime sich zusammen, was nicht zusammengehört. »Immerhin weiß sie, was nicht zusammengehört«, frotzelt der Bloggerklaus. Ob unser Gehirn so Sachen machen wird, wird sich erst zeigen, wenn dieser Prozess vorbei ist. Wir sollten uns mal lieber auf das Geschehen hier und jetzt im Saal konzentrieren, unterbricht uns die Vornamenyildiz, und die Frau von der türkischen Botschaft nickt. Ob wir die banale Systematik nicht erkennen können?

Ziemlich schnell wird klar sein, dass nicht nur diese Typen, sondern mit ihnen auch die Verschwörungstheorien vor uns Platz genommen haben. Es werden Thesen kursieren über das Ende der Mörder, durch alle Foren und sozialen Medien werden sie wandern: Der Staat habe deren Ende herbeigeführt aus einem Eigeninteresse, das in Wirklichkeit eine amerikanisch-jüdische Einflussnahme sei, denn wir würden ja beherrscht. Die Geheimdienste, die, wie man sehen werde, aneinander vorbei und durcheinander gearbeitet hätten, arbeiteten in Wirklichkeit ganz schön geradlinig, und hielten sich insgeheim an die CIA-Fernsteuerung, die heute allerdings schon wieder anders heiße. Der amerikanisch-jüdische Hintergrund wird hinter jedem rassistischen Mord eingeführt werden, also müsse da irgendwas dran sein, da kann die Politprominenz und Semiprominenz unter den Beobachtern auch nichts ausrichten, die anreisen wie Botschafter der realen Welt, eines medialen Außenlebens, als wollten sie sich überzeugen, dass der Prozess wirklich stattfindet. Und er findet wirklich statt, er wird auch zu einem Ende kommen, das können wir bestätigen, selbst wenn es lange nicht so aussieht. Er wird nicht platzen. Er wird dem Richter nicht um die Ohren fliegen, er wird auch der Bundesanwaltschaft nicht um die Ohren fliegen, er fliegt anderen um die Ohren, »aber das ist doch schon wieder Zukunftsmusik«, macht uns der Gerichtsopa aufmerksam, »bleiben wir doch endlich mal im Hier & Jetzt!«

Da müssen wir schon lachen, der Gerichtsopa und sein Hier & Jetzt, der Gerichtsopa mit seinem Prinzip Mündlichkeit, der weiß doch genau, welche Probleme es damit gibt. Er muss nicht so tun, als wäre das Hier & Jetzt unsere Stärke, als könnten wir das so einfach herstellen. Das Hier & Jetzt ist aber eine wackelige Sache in dieser Angelegenheit, ständig schlägt es aus & verflüchtigt sich, es hat uns schon manches Mal fallen lassen, als die Dinge alle zusammenkamen, als es zu dicht wurde in ihm, als es unbewohnbar schien, vor allem von uns. Aber der Hier & Jetzt-Opa wird sich immer schon neben uns gesetzt haben und darauf bestehen, dass alle Akten in eine Mündlichkeit kommen, dass alles, was ausgesagt wurde, noch einmal im Hier&Jetzt ausgesagt wird. Er wird ja noch auf ganz anderen Sachen bestehen. Dass die Bundesanwaltschaft ordentliche Sache macht, dass eine Anklageschrift eben zentral ist für die Hauptverhandlung und man sich daran zu halten hat und das Gefäß eines Strafprozesses nun mal so aussieht, wie es aussieht.

Aber schon sind wir in der Überlegung verschwunden, wie oft man dieselbe Sache auf gleiche Weise erzählen kann. Wir wissen, dass beim Erzählen immer etwas verrutscht. Und ist eine Sache zu oft erzählt, ist sie irgendwann ganz wegerzählt. Der Wahrheitskern verflüchtige sich. Deswegen sei das Ausformulieren so gefährlich, erläutert der O-Ton-Jurist, also das vormalige Ausformulieren, das Vor-dem-Gerichtstermin-Ausformulierte, vor allem als traumatisierter Zeuge. Er würde, wenn er mal Nebenklagevertreter wäre, seine Mandanten eine Sache nie ganz detailliert erzählen lassen, ginge mit ihnen nicht in jede Einzelheit hinein, weil der Erinnerungsvorgang am besten erst im Gericht stattfinde, im notwendigen Hier & Jetzt, und nicht etwa davor, und dann ist der Wahrheitskern weg, wegerzählt. »Pssst«, sagt der Bloggerklaus, »es geht jetzt weiter.« – »Ja, pssst«, kommentiert der Gerichtsopa, »der Richter ist da.« – »Pssst«, wiederholt die Vornamenyildiz, »ich kann nichts verstehen.«

Gut. Seien wir still.

Auch Beamtengehirne machen so Sachen, erfahren wir. Da sind wir aber froh. Wenn Beamtenkollegen eine andere Erinnerung im Kopf haben als das Gros ihrer Kollegen, wird es für sie allerdings schwierig. Wenn alles so einfach nicht gelaufen sein kann. Wenn die eigene Erstvernehmung im krassen Widerspruch zu den anderen Vernehmungen steht, man sich aber irgendwie geeinigt hat. In Beamtenhirne kann ich nicht hineinschauen, gibt der O-Ton-Jurist zu, als könne er in alle anderen Hirne hineinschauen. Wir schütteln aber nicht deswegen den Kopf, also warum der Vernehmungsbeamte seine Erstaussage abändert, wir erkennen darin noch keine Systematik und schütteln überhaupt noch nicht mit dem Kopf. Es kann uns auch in anderen Dingen noch nicht erfassen, das ganze Grauen, nein, das Ganze wird es auch nie sein, nur ein halbes Grauen, ein Halbtagsgrauen, das Ganztagsgrauen wird für die Nebenkläger reserviert bleiben, die das Geschehen hier genauer beobachten werden, als wir das jemals tun könnten.

Aussagen

Aber so viel ist jetzt schon klar. Der eine aussagebereite Angeklagte wird lange der einzige unter den Angeklagten gewesen sein, der wirklich gesprochen hat, d. h., der sich hinausgewagt hat auf für ihn eisiges Gebiet. Er wird sich vielleicht etwas wiederholt haben, immer wieder wird er sich auf seine Akten gestützt haben wollen und versuchen wollen, seine Erinnerung aufzufrischen oder abzusichern. Nie wird man ihn seine Erinnerung auffrischen lassen, das ganze Auffrischungsgebaren wird den Polizeibeamten vorbehalten sein, er wird als unerfrischter Angeklagter sprechen, wie andere unerfrischte Zeugen, und so wird am Schluss im Raum stehen bleiben, dass er gedacht habe, da werde schon nichts Schlimmes passieren, und er ein eigentlich positives Gefühl gehabt habe bei der Waffenübergabe. Die Mutmaßlichen würden schon nichts anstellen. Eine Waffe mit Schalldämpfer, wird es später heißen, werde einzig dazu angeschafft, um heimlich zu töten, das wird man gegen ihn und den anderen Angeklagten vorbringen. Doch ob man sie wirklich mit einem Schalldämpfer bestellt hat, wird man bezweifeln. Das wird der Verteidiger eines anderen Angeklagten sein, der in diese Waffenbestellung irgendwie verwickelt war. Am Ende wird Aussage gegen Aussage stehen bleiben, und der Richter muss entscheiden. Er wird diese seine Entscheidungen natürlich begründen müssen und nicht wirklich aus dem Nichts entscheiden. Manchmal wird der Richter einem Zeugen glauben müssen, und das sei eine schwierige Aufgabe, informiert man uns. Da werde dann eine sogenannte Ehrenerklärung abgegeben und das einfach Geglaubte werde ebenso verschriftlicht wie andere Beschlüsse. Wir ahnen aus diesem Grund jetzt schon, dass wir niemals Richter sein wollten, der Gerichtsopa mag Richter sein wollen, wir aber sicher nicht. »Aber ein Richter ist doch nie allein«, fällt der Frau von der türkischen Botschaft ein, »ein Richter hat doch seinen Senat!« Gottseidank ist es ihr noch eingefallen, noch rechtzeitig. Hier wird davon allerdings wenig zu sehen sein, in anderen Gerichten ist ein ganzer Spruchkörper sozusagen mit auf der Bühne, hier sitzen die Richter nur aneinandergereiht und lassen nicht viel von sich hören, es spricht immer nur der Vorsitzende, der Spruchkörper selbst spricht nicht viel, fügt die Frau von der türkischen Botschaft hinzu. Endlich meldet sie sich zu Wort, sie hat ja vorher noch nie etwas gesagt, und jetzt hört sie gar nicht auf damit, als wäre sie die Einzige hier auf der Empore. Sie berichtet weiter über den richterlichen Spruchkörper, der sich immer zurückziehen kann zur geheimen Beratung, jeden Moment dürfe er das, sein Vorrecht, Unterbrechungen anzukündigen. Das werden doch die vielen Pausen sein. Auch daran hat jetzt noch keiner gedacht, nicht an die vielen Pausen, nicht an diesen Spruchkörper, weil wir immer nur auf den Richter konzentriert sind und die anderen für stumme Beisitzer halten. Nur in seltenen Augenblicken wird er sich zu Wort melden, um sofort eine »Besorgnis wegen Befangenheit« von den Angeklagten zu kassieren, aber schon wieder sind wir vorausgeeilt. Wir sind ja noch bei dem Moment, in dem sich der eine Aussagebereite über andere Waffen auslässt, Alltagswaffen sozusagen, die man schon bald dabeigehabt haben kann. Er wird von seinem Teleskopschlagstock sprechen, seinem Tierabwehrspray und seiner Schreckschusspistole, als wären sie Haustiere, während der Aussagebereite angeben wird, dass er reinen Tisch machen wolle und sich gerne seinen Geistern stellen möchte, Geistern im Verzug, die nicht oder nicht recht auftauchen wollen. Währenddessen wird unser Wissen, nicht Richter sein zu wollen, sich vervollständigen. »Ja, zwar möchte alle Welt Richter werden, aber niemand möchte dessen Verantwortung tragen«, stimmt uns der O-Ton-Jurist zu. Alle Welt regt sich auch über diesen Geisterverzug auf, nur wir wissen bereits, dass kein anderer Angeklagter sich so weit vorwagen wird in diese eigene Geisterwelt, die sich quer durch Deutschland zieht und Morde produziert. Am Ende dieses Tages wird ein Tarnanzug stehengeblieben sein in unseren Ohren, den der Angeklagte bei den sogenannten »nationalen Herbstwanderungen« angehabt habe, sowie eine Taschenlampe, von der er gehört habe, dass man sie »abgestellt« habe in einem Nürnberger Lokal, damit sie dort explodiere, wenn man sie anmacht, eine Taschenlampenbombe. Auf so was muss man erst mal kommen! Und sie ist auch explodiert in dem Lokal, und eingeführt in diesen Prozess als neue Tat, die sich dem Trio zurechnen lässt. »Wie viele Taten werden sich noch einführen lassen?«, beginnt auch sofort die Vornamenyildiz zu überlegen. Wieso sei an diese Tat nicht schon vorher gedacht worden? »Also mir würden schon so die einen oder anderen ungeklärten Morde an Migranten einfallen«, unterbricht sie unser Erstaunen mit einer kleinen Handgeste. Doch wir wissen, diese Hoffnung auf noch mehr Tatzuordnung, also Zurechnung zu diesem Strafkomplex wird sich schon bald zerschlagen, trotz des Fundes einer 10.000er Liste in der ausgebrannten Täterwohnung, die man einfach durchgehen kann. So viele ungeklärte rassistische Mordversuche, seufzt jemand hinter uns, und keine Ahnung, wer dahintersteckt. »Das hättet ihr wohl gerne!«, zischelt der O-Ton-Jurist, das wäre doch schön, wenn man alles hier unterbringen könne, jede einzelne ungeklärte rassistische Gewalttat in diesen Prozess, »doch man kann es eben nicht«. Er lässt jetzt manchmal unmotiviert die Luft zwischen seinen Lippen entweichen, dass es fast wie ein Pfeifen klingt, und wir wundern uns, wo seine Contenance geblieben ist. Vielleicht würde er lieber unten sitzen auf Verhandlungsniveau jenseits der störenden Pausenkommentare hier oben?

Aber erst einmal wird unten im Gerichtssaal das Fragerecht wandern, es wird wandern und niemals auswandern, sondern im Kreis in diesem Saal unterwegs sein. Vom Richter zur Bundesanwaltschaft, von der Nebenklage zur Verteidigung wird es wandern. Es wird sich eine Hierarchie der Befragung etablieren, um die auch gestritten wird. Gestritten wird darüber hinaus, ob sich im Saal Beamte des BKA, der Landeskriminalämter oder der Verfassungsschutzämter befinden, um einen Transfer von Verfahrensinhalten zurück in die Behörden zu ermöglichen. »Dringen die Informationen nicht ohnehin raus?«, fragen wir uns, »werden sie nicht schon alleine durch die Mitschriften der Blogger, durch die Berichte der Medienleute in alle Welt gebracht?« Aber niemand wird uns antworten, der O-Ton-Jurist, der Gerichtsopa und die Vornamenyildiz sind hinausgegangen, hinausgegangen sind auch der Bloggerklaus und die Omagegenrechts, als die sich die freundliche Dame zwei Plätze neben uns zu erkennen gegeben hat. »Ich bin eine Omagegenrechts«! Danach drückte sie uns einen Flyer in die Hand, auf dem zu einer Demo aufgerufen wird, sie erzählte uns von der Initiative des Weltackers, an der sie beteiligt ist. Und von den Treffen, die regelmäßig stattfinden würden und zu denen wir kommen könnten … Auch ein wichtiges Thema, fügte sie hinzu, als von uns nichts kam. Sie hat dann doch nichts vom Deutschunterricht erzählt, den sie Geflüchteten geben wird, aber das wird sie bald, damit das Bild komplett ist. Nein, wird sie nicht? Kein komplettes Bild? Na gut. Sie ist jedenfalls eine, die über sehr viele Themen verfügt, die sie nach Belieben herausziehen kann. Festzustellen ist jedenfalls, wir lernen immer mehr Leute hier oben kennen, wir sind hier eine regelrechte Gerichtscommunity, die ganz schön Bescheid weiß. Z. B. darüber, dass sich Zeugen nicht einfach vor ihrer Terminierung in den Gerichtssaal setzen, das dürfen sie nicht. In manchen Oberlandesgerichten ist es sogar verboten, Verfahrensinhalte nach draußen zu geben, das weiß vor allem die Omagegenrechts, die es uns jetzt noch einmal erzählt, als hätten wir nicht aufgepasst. Nicht nur keine Kugelschreiber und Blätter mit hineinnehmen, sondern auch keine Sätze hinaustransportieren, fährt sie fort. Die Sätze dürfen nicht beim Ausgang hängenbleiben beim Rausgehen, sie müssen schon drinnen, im Gerichtssaal, bleiben.

Jetzt aber sind sie alle erst mal rausgegangen in eine Gerichtspause, die wir wohl übersehen haben. Sie stehen vermutlich beim Kaffeeautomaten, sie holen sich einen Schluck Wasser aus dem Wasserspender. Wir sind nicht durstig, wir sitzen weiter auf den Sitzgarnituren und schauen dem halbwegs leeren Saal zu. Irgendjemand bleibt immer drinnen und scharrt mit den Füßen über den Teppichboden. Irgendjemand guckt immer in die Luft, die es auch hier gibt, selbstverständlich. Und wenn dann der Rest zurückkommt, ist auch er oder sie bereit herauszufinden, ob Vertreter der Nebenklage sich wirklich bei der Bundesanwaltschaft nach der 129er Liste erkundigen werden, »weil, das sollte jetzt kommen«. Die 129er Liste aus dem Ermittlungsverfahren, die das organisierte Umfeld der Angeklagten betrifft, wird noch einmal angemahnt werden müssen. Diese Anfrage wird später mit einer Liste von 129 Namen von der Bundesanwaltschaft beantwortet werden, als wüsste die nicht, dass sich die Bitte um eine 129er Liste in diesem Fall auf den berühmten Paragraphen 129a bezieht, der gegen die Bildung einer inländischen terroristischen Vereinigung gerichtet ist. Es ist keine Liste mit 129 Namen, sondern 400, denn 129 ist hier keine Zahl, das ist ein Paragraph, wird man erklären müssen.

Dieser Paragraph 129 ist in Deutschland aufgewachsen und längst ausgewachsen, in a und b ausgewachsen, die Staatsschutzprozesse halten bundesweit die Oberlandesgerichte von morgens bis abends als 129er-Prozesse beschäftigt, gegen mutmaßliche Mitglieder des IS und der PKK, aber auch gegen Rechtsextremisten und Linksextremisten. Insofern wird die Nebenklage es als Hinhaltetaktik erleben und sich beschweren. Wir vermerken hiermit: Auch im Gericht kann man blöd tun, auch im Gericht kann man sich dumm stellen. Nichts verstanden zu haben ist eine altbekannte behördliche Strategie. Nicht auszumalen, wie viele Anträge jetzt in dieser Sekunde in Deutschland gerade wieder bewusst nicht verstanden werden. Wir malen es uns auch nicht aus. Wir malen uns ja nur aus, was hier als Nächstes kommt. Und so wird auch das hier als Beispiel schlechter Zusammenarbeit im Raum stehenbleiben neben vielen anderen Beispielen schlechter Zusammenarbeit. Diesbezüglich müssen wir uns auf eine Deutschlandkarte gefasst machen, eine Karte mit Landesgrenzen und Gebietsgrenzen, die sich gewaschen haben. Bestehend aus einem radikalen Nebeneinander von Zuständigkeitsbereichen, während die Terroristen natürlich von einem Bundesland ins andere reisen können und dort ihre Taten begehen.

Nach einer Pause wegen technischer Probleme mit der Mikrofonanlage wird der Aussagebereite erst mal wieder nicht beantworten können, was er inhaltlich mit »links« verbindet. Nach einer Pause wegen technischer Probleme wird man ihn vergeblich auf seine »Blitzkarriere« in der Szene ansprechen. Zu jenem Zeitpunkt werden die Medienvertreter vielleicht zum ersten Mal bemerken, dass an diesem Tag keine Nebenklägerinnen persönlich anwesend sind, um die Hoffnung nicht fahren zu lassen. Aber sie fährt. Sie fährt davon, wissen wir, das ist ihr Tagesgeschäft hier.

Jetzt sind wir etwas durcheinandergekommen, denn natürlich wird erst einmal die Zeugenbefragung weitergegangen sein, die Reihe der Umfeldzeugen. Unter den Umfeldzeugen werden Hitlergrüße nicht wirklich bekannt sein, Kühnengrüße werden nicht bekannt sein, Bandnamen werden einem nicht vertraut vorkommen und Privatkontakte zu Polizeibeamten nicht wirklich bestehen, nur Polizeisportvereine wird man besucht haben, um Anglersport zu treiben. Nie wird man wirklich damit gerechnet haben, dass was passiert. Immer wird man die Konsequenzen nicht bedacht haben, die man doch auf Kripolive im Fernsehen gesehen haben wird. Alle Chemnitzer werden Kripolive im Fernsehen gesehen haben, alle Zwickauer ebenfalls und die in Jena obendrauf. Kripolive, so werden wir vermuten, wird als Dauerschalte in deren Wohnzimmern, Küchen und Schlafzimmern immer noch laufen, und das wird uns trennen, denn wir werden Kripolive nicht gesehen haben. Wir werden etwas anderes gesehen haben, z. B. »Brüder schweigen«, wie es ein nicht aussagebereiter Angeklagter auf einem T-Shirt stehen haben wird, ein T-Shirt, das sein Tatoo »Die Jew Die« überdeckt, wie wir dann bereits wissen werden.

Es wird ein schon stets vorher bestehendes Besoffensein erwähnt werden, das jegliche Erinnerung verhindert, der Alkohol wird die Gehirne lahmgelegt haben, wird sie zu nicht gerichtsfähigen Werkzeugen machen für etwas, an das man sich einfach nicht erinnern wird können, ja manchmal wird das Besoffensein schon vor einem selbst da sein, diesbezüglich wird das Heckertgebiet in Chemnitz auftauchen und Jena, von dem ein Familienzeuge der Hauptangeklagten berichtet, wie man dort in den Neunzigern normale Schulen und normale Verhältnisse und normales Zusammenleben praktiziert habe, und wir werden nichts davon verstehen, von den vielen Leuten in Winzerla, aus denen sich so ein bisschen die rechte Szene entwickelt habe, in der sich die Angeklagte aber nicht über den Mund fahren habe lassen, die sich auch jetzt nicht über den Mund fahren lässt, denn ihr Mund wird gar nicht da sein. Sie hat ihren Mund verkehrstechnisch eingepackt, für alle Gerichtszeiten, wird gesagt, und wenn sie einmal doch redet, wird es wirken, als würde sie nicht reden. Ihr Familienzeuge wird hingegen betonen, dass auch er ein netter Mensch sei, und wieder über die vielen Leute in Winzerla sprechen, und dass das damals eben war, wie es war. Man wird sich über Tätowierungen auslassen, über den Sensenmann, einen Totenkopf und was man im Urlaub so macht und dass Naziklamotten auf Mallorca von allen getragen werden.

Wir werden uns ja schon an so manche Wiederholung gewöhnt haben, an so manche Zeugen, an solche, die Hitlerbilder besessen haben und weiterbesitzen, an solche, die Hakenkreuzjutesäcke besessen haben und weiterbesitzen, solche, die ein vernünftiges Nachbarschaftsverhältnis besessen haben und jetzt nicht mehr haben, ein Nachbarschaftsverhältnis, mit dem man über Blondinenwitze gelacht hat und das man »Diddelmaus« genannt haben wird. Man wird gegen Knoblauch allergisch gewesen sein, aber deswegen nicht gleich als »rassefeindlich« zu titulieren sein, man wird seine Hakenkreuzjutesäcke, Kübelwagen und Hitlerbilder als unpolitische Erinnerungsgegenstände in den Köpfen der Richter verwahrt wissen wollen, man wird andere Dinge im Kopf gehabt haben, man musste ja seine Firma leiten. Ja, längst werden die Umfeldzeugen losgelegt haben und ihre Version von Normalität dargelegt und wie man einfach nicht aus dieser Normalität herausgefunden hat und auch jetzt nicht herausfindet.

Es werden langsam Namen auftreten, d. h. langsame Namen und schnelle Namen, Klarnamen und Aliasnamen, noms de guerre und Spitznamen, erstaunlich viele Spitznamen, »Dackel«, »fette Elke«, »Stöpsel«, »Spange«, »kleines P.«, »Kicke und Kacke«, »Kaktus«, »Die Geklonten«, neben den Normalonamen wie Liese und Susanne und Beate. Geradeausnamen wie Max oder Gerri.

Sie kommen alle irgendwoher, die Aliasnamen, sie haben alle ihre Geschichte, und es wird eine sogenannt deutsche Geschichte sein, die ein wenig nach England schielt, ein wenig nach Südafrika und in die USA, wo man Allianzpartner weiß, blood&honour-Partner. Es wird Namensabkürzungen geben, Kürzel und Decknamen, Personenbezeichnungen aus der Ferne und Nähe, Namen, an denen was dranhängt, sicher in Erinnerungslücken wohnend, Decknamen, die selbst an Nummern angeschlossen sind und ganz woanders weitergehen, geführte Namen, verbunden mit Adressen und sorgfältig wieder getrennt von diesen. Es wird falsche Namen geben und vergebliche wie die, einen Angeklagten als »Antirassisten der NPD« zu bezeichnen, Euphemismen, die sich in Ereignisse versteckt haben werden, wie »Das Fest der Völker«, aber auch die »Hate Brothers 88 Kahla«, die von einigen Zeugen als »lose Trinkerverbindung« bezeichnet wird. Es werden Verwechslungen auftreten und Zahlenverdreher. Und wir werden uns nicht alle Namen gleich merken können, haben wir anfangs noch angenommen, aber in Wirklichkeit, so wissen wir, werden wir sie auch dieses Mal langsamer verinnerlichen als die Namen der Angeklagten. Das ist eben die Täterjustiz, meint der Gerichtsopa achselzuckend, da kann man nichts machen. »Irrtum!«, widerspricht die Vornamenyildiz, mit der ins Gespräch zu geraten wirklich nicht einfach ist. Andauernd widerspricht sie. Andauernd fällt sie einem ins Wort. Sie ist aber die von uns, die am besten rechnen kann und die Zahlen behält.

Denn es werden noch immer zehn Tote gewesen sein, zahlreiche Verletzte im sogenannten Tatzeitraum von knapp dreizehn Jahren. Dazu der ganze Sachschaden und Raubüberfälle, die uns hier beschäftigen. Ja, es wird immer noch um diesen Zeitraum gehen, obwohl in der Beweisaufnahme längst darüber hinweggegangen wird bis in die späten 80er Jahre hinein, in die sogenannte Vorwendezeit, die es immer nur im Osten gab. Jetzt, wo sich die Dinge überschlagen und wir in zwei, drei Jahren ein völlig verändertes Deutschland auffinden werden, von dem aus wir ganz anders auf diese dreizehn Jahre blicken werden, kommen wir dabei schnell auf Abwege. Wir werden uns ablenken lassen. Wir werden plötzlich an den Kyffhäuserkreis denken und an Nordthüringen, aber Baden-Württemberg nicht auf dem Kieker gehabt haben, wir werden beim Baden-Württembergischen Untersuchungsausschuss nicht anwesend gewesen sein und auch nicht beim Thüringischen, »schon wieder habt ihr nicht aufgepasst«, informiert uns der Bloggerklaus, »schon wieder wisst ihr nicht, was los ist«, und die Vornamenyildiz schickt uns böse Blicke zu. Gerade wir sollten aufmerksam sein, gerade wir sollten uns auf der Höhe der Zeit halten und nicht etwa dahinter verschwinden! Das tun wir, das tun wir ja – wir befinden uns dabei in einer ständigen Erwartung von unserem Land, nur dreizehn Jahre, in denen man unerkannt umherziehen und morden wird können, gehören schon wieder nicht dazu.

Asservatensammlung

Aber fangen wir von hinten an, wird keiner gesagt haben, man wird sich aus anderen Gründen ziemlich schnell der Brandermittlung zugewendet haben. Der Asservatensammlung. Den Brandsatzspuren. Dem abgebrannten Wohnwagen, aber vor allem dem abgebrannten Haus, diesem überaus sichtbaren Ergebnis der Hauptangeklagten, das die Rechtfertigung ihrer Anklage liefert, und man muss sie liefern, alleine schon wegen der Untersuchungshaft. Und es wird auch geliefert als Rekonstruktion einer spektakulären Spurenvernichtung eines Terrorverstecks mit Explosionsinhalten. Moment! Was alles unter Vorbehalt der richterlichen Entscheidung formuliert werden muss und was nicht, ist erst mal dran. Und so wird es am nächsten Morgen um die Stellungnahmen zu den Anträgen der Verteidigung gehen, aber dann werden wir sicherlich mit der Brandermittlung anfangen. Nein, nach der Mittagspause wird der Vorsitzende noch erst einmal die Nichtabtrennung eines Tatkomplexes verkünden, danach wird die Bundesanwaltschaft die größtmöglichste Kooperationsbereitschaft der Geheimdienste und Behörden erlebt haben wollen, was wir ganz erstaunlich finden, wo doch die Kooperationsbereitschaft für alle anderen unsichtbar gewesen war, eher die Konfettilaune der Geheimdienste, zumindest die Operation Konfettilaune, der so viele Akten zum Opfer gefallen sind. Die große Aktenvernichtung kurz nach der Aufdeckung des sogenannten Trios wird in merkwürdigem Kontrast zu dem Adjektiv »größtmöglichst« stehen, aber wir werden unser Erstaunen ohnehin nicht adäquat zeigen können. Nur wer kann sein Erstaunen hier schon adäquat zeigen und was heißt schon »größtmöglichst«? Werden wir uns vielleicht verhört haben? Die Akustik im Saal ist ja nicht die beste, ja, man spricht sogar von einem unausgesteuerten Raum, obwohl das nicht sein kann, der Raum muss ausgesteuert worden sein, einmal, lange vor unserer Ankunft, jedenfalls kommt es immer öfter vor, dass wir uns verhören, wir hören ganz andere Dinge, als gesagt werden, permanent müssen wir vom O-Ton-Juristen korrigiert werden, aber das Adjektiv »größtmöglichst« fügt sich im Grunde ganz eindeutig in die Anfangsaussage einer Bundesanwaltschaft ein, es ist eine erwartbare Anfangsaussage, mit der immer noch das Gericht eingeschworen werden soll auf den Bundesanwaltschaftskurs.

Inzwischen wird die Unpässlichkeit eines Angeklagten eine weitere Sitzung später beginnen lassen. Und dann wird auch mal die Brandermittlung dran sein. D.h., haben wir jetzt nicht einen Mord übersprungen? »Ja, ihr seid nicht sehr sortiert.« – Psst – Haben wir jetzt nicht die Kaltblütigkeit, wie sie in Hamburg oder Nürnberg aufzufinden sein wird, einfach übersehen? Haben wir nicht jetzt diese erste Leiche ausgelassen, die bei Gericht terminiert gewesen sein wird? Das Leichenauslassen werden wir eher anderen zuschreiben, wir werden, ohne es gewusst zu haben, anderen beim Leichenüberspringen zugesehen haben, oder halb zugesehen haben, mit halb geöffneten Augen, etwas unaufmerksam geworden oder abgelenkt. Wir werden es einfach noch immer nicht verstanden haben, dass da Opfer erster und zweiter Klasse unterwegs gewesen sein werden in Ermittlungsvorgängen, da kann diese eher konfuse Tatortzeugin im Gericht das Opfer noch so sehr loben, da kann der Richter noch so sehr sich die Lebensumstände der Opfer erarbeiten im Nachhinein, da kann uns die Lage einer Leiche noch so beschäftigt halten, die wieder verändert vorgefunden werden wird. Immer wieder wird sie verändert vorgefunden, die Leichenpositionsveränderungen werden uns noch lange begleiten.

Warum das so ist, fällt der Frau von der türkischen Botschaft ein, die wieder mit der ihr eigenen Plötzlichkeit loslegen will und ins Detail gehen, immer geht sie ins Detail, ist sie einmal in Bewegung, wir müssen aber weiter. Wir sind ohnehin schon spät. Erst in einem zweiten Schritt werden wir also über den Brandschutt steigen, wir werden uns über die Asservatensammlung aus dem Brandschutt erst an zweiter Stelle beugen, dann aber sofort mit der gesamten sächsischen Diensthundeschule, die mit Leichenspürhunden und Brandermittlungshunden unterwegs gewesen sein wird, jemand wird sie also losgeschickt haben und sie in ein Treppenhaus geführt, wo eine weitere Kollegin mit ihren Brandermittlungshunden gestanden haben wird. Und sie werden angezeigt haben, die Hunde werden immer schon das Originalbrandmittel lokalisiert haben, sie werden angezeigt haben und nicht etwa vor Erstaunen eingefroren sein, wenn sie etwas sehen, wird der Ermittlungszeuge betonen, sondern gebellt haben. Sie werden sich also gegenseitig bestätigt haben, und das wird mehr sein als alle Staatsschützer sagen können, denn die Landesämter werden sich nicht bestätigen wollen, geschweige denn bellen.

Wir werden das erste Mal von einem asservierten Geständnis hören und uns sagen, soso, das gibt es auch. »So sieht also ein ausgebrannter Raum aus«, wird ein Brandgutachter später in diesem Sinn seine Aussage eröffnen und ein Bild vom zerstörten sogenannten Sportraum zeigen. Das Bild des zerstörten sogenannten Katzenzimmers wird folgen, und wir werden uns an diese Bezeichnungen gewöhnen, und an die Aufteilung der Wohnung, dem Versteck und Unterschlupf. Denn man wird auch als Terrortrio wo gewohnt haben und gleichzeitig die Spuren vernichtet haben wollen. Und wir werden gewissermaßen nachträgliche Einwohner werden in dieser Wohnung mit seinen einzelnen Personen zugewiesenen Zimmern – plus das Katzenzimmer. »Sicher nicht.« Wir werden uns bereits ein Bild gemacht haben von diesem Dasein als Untergetauchte in nicht nur einer Wohnung in nicht nur einer Stadt, ein Dasein, dass viel mit dem Erstellen von Karten und Adressdateien, mit logistischer Arbeit zu tun haben wird. Und das Bild wird uns ermüden. Wir werden zu gähnen begonnen haben, wir werden unsere Füße plötzlich nicht mehr spüren, dann werden wir sie ausstrecken und wieder anwinkeln.

»Nein, das kann man nun wirklich nicht behaupten!«, wird uns jemand aufschrecken. Schon wieder die Vornamenyildiz! Doch nicht. »Das ist der Platz der Vornamenyildiz«, haben wir versucht zu sagen, es kam aber nicht recht aus unserem Mund raus, denn die Plätze sind hier ja kein Eigentum, also nicht zu reservieren, auch wenn manche Journalisten so tun, als sei das so. Weggegangen, Platz vergangen, und die Vornamenyildiz ist anscheinend nach der Pause gar nicht wieder erschienen. »Wo ist sie denn hin?«, fragen wir uns und reiben uns die Augen, als könnte man von hier aus nirgendwohin. Aber natürlich kann man von hier aus überall hin, in die ganze Welt kann man, wenn man den richtigen Pass und das nötige Kleingeld hat, erinnert uns der O-Ton-Jurist.

Auch der Bloggerklaus und die Omagegenrechts haben sich heute noch nicht gezeigt, und so sitzen wir mit unseren beiden Erklärburschen und der Frau aus der türkischen Botschaft in einiger Entfernung quasi alleine, unter lauter Unbekannten, was sich für uns ungewohnt anfühlt, so sehr haben wir uns an unsere kleine Community gewöhnt. Wir hätten aber damit rechnen müssen, wird man uns sagen, es werden sich ohnehin nach und nach die Reihen leeren, die Aufmerksamkeit wird nachlassen. Der Prozess wird als inflationär erlebt werden. Dennoch hören wir stets den

Atem der hinter uns sitzenden Personen, während man uns gleich erzählen wird, welch hohes Maß an Organisation es fordert, eine Wohnung derart in Brand zu setzen, dass sie quasi explodiert. Da wird es eine heftige, rasante Brandausbreitung gebraucht haben, Benzinlachen und Benzinwolken, Benzinspuren. Da wird sich eine Kohlenmonoxidfrage mitten in den Raum stellen und sich ausbreiten. »Zwei bis drei Minuten, dann ist man tot.« Also müsse man wissen, was man tue, wenn man so einen Brand lege, lautet die Auskunft der Sachverständigen, das sei nicht so einfach. Und wenn man weiß, was man tut, dann kann man schon von Vorsatz sprechen und von Planung. Das sind die Überlegungen, die hier ablaufen werden, immer und immer wieder. Auch, was der Körper alles mitmacht, und was nicht, über Jahre hinweg. Und welche Wunden schon todbringend sein werden, welche nicht. Wie solcherlei Prozesse im Körper ablaufen. Es wird um Zündversuche gehen, um Unterbrechungen in der Benzinspur, um herüberwachsende Benzinwolken und die Nachbarwohnung. Es wird um die explosive Atmosphäre vor der Eingangstür gehen, um die zehn Liter Benzin in der Wohnung, die alleine schon für die geplante Tat sprechen, denn wer hat einfach so zehn Liter Benzin in der Wohnung. Aber die Dinge sprechen hier nun einmal nicht alleine, sie sprechen immer im Chor. Sie versammeln sich, bilden eine Ansammlung an Beweisen in dieser Brandermittlungserzählung, der viele Menschen folgen werden. Ja, man wird auf eine stattliche

Summe an Menschen kommen, die so eine Gerichtszuhörerschaft ausmacht, und ihr Zuhören wird orchestriert sein. Allerdings mehr einem Nichtorchester ähnlicher als einem Orchester, denn wir geben keinen Mucks von uns. D. h., unsere Reaktionen werden zu verzeichnen sein, wir werden fast hörbar die Luft anhalten, fast hörbar schmunzeln, beinahe an der Hörschwelle, wir werden mitzittern, knapp unter dem akustischen Radar, wir werden in unserem Zuhören auch stets auseinanderstreben, Interessen verfolgen oder nicht, und die einen werden andere Dinge hören als die anderen. Wir werden zusammen und gleichzeitig so gar nicht zusammen dasitzen. Aber in diesem Moment wird uns die Lage einer Leiche beschäftigt halten, denn die Position des Toten wird wieder verändert vorgefunden werden, andauernd wird sie sich verändert haben, und ein Naziaufkleber am Tatort wird dabei wieder von der Bundesanwaltschaft übersehen worden sein.

»Ihr seid zu schnell«, wirft eine Stimme erneut ein, »habt ihr das nicht verstanden?« Das ist die plötzlich wiederaufgetauchte Vornamenyildiz, die aber jetzt wirklich keine Vornamenyildiz mehr ist und auch keine Nachnamenyildiz, sondern endlich die Grundsatzyildiz, die genau weiß, wie weit ihre Rechte reichen und was man durchaus einfordern kann und dass ein Versprechen gegeben worden ist von einer Bundeskanzlerin, das nun zurückgebaut wird nach und nach. Gottseidank wird die Waffenkunde noch nicht angefangen haben, die Konfrontation von Zeugen mit baugleichen oder identischen Waffen, was hier einen Riesenunterschied machen wird, denn »ist so was nun ein Beweisstück oder nicht?« Gottseidank wird die lange, unendliche Aufzählung der Waffentypen noch nicht begonnen haben. Oder werden wir tatsächlich gleich von der Brenneke-Munition hören, der Winchester Defender und der Česká?

Nein.

Werden wir gleich von einer Browning gehört haben und einer Wehrmachtspistole polnischer Herkunft?

Nein.

Werden wir die Kaliber gleich schon durchgegangen sein, die 7,5 mm? Im Gericht kann es schnell einmal zur Waffenkunde kommen, und hier ist es ja zu erwarten, sagen wir zum O-Ton-Juristen, aber trotzdem – so? Vielleicht wird auch alles anders sein und wir beobachten, wie die Grundsatzyildiz jetzt endlich ihren heutigen Platz gefunden hat und wie sie versucht, sich dabei möglichst leise hinzusetzen, was ihr aber nicht gelingt. Nie gelingt das, immer macht man Kleinstgeräusche, die einen doch verraten. Wir beobachten also, wie sie sich setzt und nicht stören will. Setzen und nicht stören! Müssen wir nicht rufen, und der O-Ton-Jurist muss nicht abwiegeln. Noch nicht.

Der Einblick in die rassistisch vorverurteilende Gedankenwelt wird aber trotzdem stattfinden können, praktisch jederzeit, vernehmungsgeschichtlich, sondereinsatzgruppenmäßig, im Namen BAO Bosporus wird er stattfinden können, in den vielen kleinen Ermittlungsansätzen, die an den Sterbebetten der Opfer ansetzten mit der Trias: fingierter Betrug, fingierte Drogenkriminalität, halluzinierte Mafiamachenschaften des sogenannten türkischen Milieus, und in den vielen Fotografien vermeintlicher Geliebter der Opfer, die den Witwen vor die Augen gehalten wurden, bis die nichts mehr sehen konnten, vernehmungsgeschichtlich und außen um die Bundesanwaltschaft herum, die sich da schon etwas mehr zurückhält. Die Liste mit dem Umfeld der Täter wird insofern erneut angemahnt werden müssen, und es wird Nebenklagevertretern öffentlich unverständlich bleiben, dass die Bundesanwaltschaft diesem oder jenem Ermittlungsansatz nicht nachgeht, während es in einem sogenannt bürgerlichen Medium stehen wird, dass es eine Leistung sei, dass dieser Prozess überhaupt stattfindet. Könnte ja anders sein.

Während draußen die Justiz bereits mit einer Vollfunktionsmaschine verglichen wird, einem Präzisionsinstrument, deren Teile man gerne vorführt, werden wir langsam beginnen, Geräusche zu hören, die nicht da sein können. Geräusche, die wir uns einbildeten, Kratzgeräusche von Fingernägeln oder Atemgeräusche, nein, wie noch Luft aus einem verstorbenen Körper entweicht, das Geräusch brennender Haare. Unsere Sitznachbarn werden zuerst nicht verstehen, warum sie diese Interferenzen im Gerichtssaal nicht wahrnehmen, und dann werden sie sie auch hören, obwohl da augenscheinlich niemand stirbt und niemand ausatmet, und dann werden sie erkennen, die Durchlässigkeit hat begonnen, die

Porösität, die in Vorgängen wie diesen stecken muss. Das werden sie vielleicht aushalten, vielleicht auch nicht, und dann werden sie aufstehen und gehen, als könnte man das so einfach.

Man wird unterdessen das Gericht zu loben angefangen haben und zunehmend mehr loben müssen, es wird ein regelrechter Applausdruck entstehen rund um das Gericht, auch der Mensch vom Fernsehen, der eben noch als Korrespondent im Nahen Osten war, sagt, neben der Treppe zum Ausgang stehend, das sei doch erstaunlich, was unsere Justiz vermag. Er trägt einen Badge um seinen Hals, als wäre das notwendig, als müsste er sich selbst versichern, dass er wirklich vom Fernsehen ist, im Dienst, und wiederholt das noch einmal mit seinem bayrischen Zungenschlag, als hätte er so eine Ahnung, dass man das bei uns müsse. Zeigen, dass man hier zu Hause ist, während wir immer dazustoßen. Die Ahnung teilt er sich mit anderen Beobachtern von der Medienseite, die ohnehin stets Abstand halten von uns, von der linken Seite, der Öffentlichkeitsseite, dem Fußvolk, das wir darstellen. Ein Verdacht geht um, ein Verdacht, den wir noch nicht genau zu fassen bekommen, als gingen von uns Gefahren aus. Ist es die Gefahr der Unprofessionalität, ist es die des Laientums, von dem man sich abgrenzen möchte? »Das ist doch was«, werden sie uns jedenfalls immer wieder erinnern, »wo doch links und rechts von uns Nachbarländer sind, wo diese Dinge ganz anders laufen.« Als wäre bei uns die pauschale Skepsis zu Hause, das Institutionenbashing, wo sie nur immer aus irgendwelchen großen Sendeanstalten kommen, aus den großen Redaktionen, um die Dinge nicht zu vermischen. Sie werden beispielsweise nicht von den Reichsbürgern reden oder gar von Querdenkern, sondern stets bei den Ermittlungsergebnissen der Beweisaufnahme bleiben. Bei ihnen zeichnet sich nie etwas ab.

Das Gericht hier bleibt jedenfalls sein eigener Planet, mehr noch, es ist sein eigenes Universum, das juristische Universum, das notwendigerweise über den anderen Universen steht. Nichts Schlimmeres, als wenn gewisse staatliche Akteure jetzt immer vor diesem Universum abzweigen, knapp vor einem demokratischen Verfahren abzweigen und woanders landen. Die Idee von Rechtsstaatlichkeit muss dann notgedrungen irgendwo im luftleeren Raum hängen, so oder ähnlich haben wir den Gerichtsopa verstanden, der sich jetzt wieder einmal zu Wort meldet. Er möchte auch mal was sagen zu dieser Materie, denn man sehe ja, wir hätten keine Ahnung. Nicht, dass Menschen, die keine Ahnung haben, vom Gericht auszuschließen wären, aber irgendwann müsse er doch auf seine Tochter zu sprechen kommen, die ebenfalls in diesem Raum sitzen würde, nur nicht in seiner Nähe, in Reihe 7 oder so, und die von dem Rechtsstaat und dem Beamtenwesen keine Ahnung hat, eigentlich immer weniger Ahnung hat, weswegen sie nicht mehr miteinander sprechen könnten. Er gebe zu, dass er leicht wütend werde, aber er lasse sich nun mal ungern sein Beamtendasein vorhalten, er lasse sich ungern Staatsversagen vorwerfen, was sie andauernd tue, mit einer Leichtigkeit, die ihn fuchsteufelswild mache. Ja, er kann sich immer noch darüber aufregen, er kann sich so über sie aufregen, weil sie schließlich doch verstehen müsste, wie so was läuft. Sie habe das doch mitgekriegt all die Jahre. Menschen, die alle Richter spielen wollten, aber keine Verantwortung übernehmen wollten, die gingen ihm grundsätzlich auf den Keks. Menschen, die ihm in einem fort die Welt erklären müssten und sie gar nicht verstünden, setzt er plötzlich nach und schweigt ebenso schnell wieder.

Wir hören auch lieber dem Medienvertreter zu, wie der von einer regelrechten Applausstrecke spricht, die vor uns liege, der große Applaus ist aber noch nicht da, der Abschlussapplaus wird erst kommen, dann, wenn das Urteil steht, aber das tut es noch lange nicht. Es gebe dennoch einige, die applaudierten immer schon vorher, auch wenn er sage, »wartet ab, wir sind noch nicht am Ende.« Menschen ohne Applausordnung, pflichtet ihm der Gerichtsopa bei, seien irritierend. Man muss doch wissen, wann ein Klatschen fällig ist und wann nicht, wann man zu lachen hat und wann nicht, wo Tränen vorkommen dürfen und wo nicht, aber diese ganzen Gefühlsäußerungen sind durcheinandergekommen. Das seien wohl die Veränderungen einer Gesellschaft, die man derzeit in Kauf nehmen müsse, kommentiert das der Medienvertreter, in den Jahren des Umbruchs, in den Jahren der Krisen, der medialen Überschreibungen von Alltagssituationen, den sozialen Entrückungen der Verhältnisse. Er ist wohl heute fürs große Ganze zuständig und hat im Gerichtsopa einen Gesprächspartner gefunden, der ihm die passenden Stichworte geben wird für seinen Artikel, für seinen Kommentartext zur Stimmung im Gericht.

Vom Gericht sind alle enttäuscht, wirft die Grundsatzyildiz plötzlich ein, das hat schon Luhmann gesagt, fügt sie hinzu, als ob alle wüssten, wer Luhmann ist, wir wissen es aber nicht, wir ahnen nur, es muss erstaunlich sein, wenn so was von ihrer Seite kommt, so wie sie alle ansehen. Wir wissen nur, sie ist endlich wieder zurückgekehrt in ihren ironischen Eingangszustand. Warum sonst spricht sie jetzt schnippisch über einen Luhmann, der auch sie irgendwie enttäuscht haben muss, und der Gerichtsopa sieht sie einen Moment ratlos an. »Dazu brauche ich keinen Luhmann«, legt er los, »es liegt im Wesen des Gerichts«, fährt er fort, »dass die Erwartungen immer zu hoch sind, es immer an Gerechtigkeit und Wahrheitswerten gemessen wird und man eine klare Umsetzung erhofft.« Es ist aber die größte Annäherung daran, die uns möglich ist, daran sollen wir denken. Etwas Besseres hätten wir einfach noch nicht gefunden.

Plötzlich aber wird die Hauptangeklagte aufspringen und auf das Netzteil ihres Laptops deuten, und der Richter wird die Sitzung wegen eines Kurzschlusses unterbrechen, und die Angeklagte wird ein zweites Netzteil gebracht bekommen, dann erst wird die Verhandlung weitergehen. Dann aber wird ein Verteidiger fragen, wie lange die Sitzung noch geplant sei, denn er habe einen

Zug reserviert, den es eigentlich noch zu erreichen gelte. Der Richter wird erwidern, er wolle noch den Zeugen zu Ende befragen, was zu erkennen gibt, dass man Zeugen zu Ende befragen kann. Jetzt habe er im Grunde schon keine Sitzplatzreservierung mehr, wird der Verteidiger aber weiter beharren, jetzt sei sein Zug praktisch abgefahren, heim ins andere Bundesland. Und wir werden bemerken, dass es auch da unten im Saal eine Außenwelt gibt, d.h. eine Außenwelt mit Bundesländern, Bundesländern mit Wohnsitzen, außerhalb dieses Prozesses, in die die einen einreisen können und die anderen nicht.

Die Außenwelt wird auftauchen, aber das Mitleid des Richters wird sich diesbezüglich in Grenzen halten. Die Hin- und Herpendlergesichter werden nichtsdestotrotz im Saal für einen kurzen Moment erschienen sein, die müden Visagen, die ständigen Zug- und Lufthansaoptiken, die leicht fahrigen Bewegungen mit Köfferchen, die eben aus Tiefgaragen sich emporgearbeiteten Bewegungen. Tiefgaragen, aus denen man auch hier herausfahren wird können, hinaus in die Welt, auf ICE-Anbindungen hoffend, die zu den eigenen Kanzleistandorten führen, in Berlin, in Köln und anderswo. Oder Tiefgaragen, die Parkplätze bereithalten. Parkplätze, in denen man auf so manche Idee kommen könnte, juristische Ideen allemal, vielleicht die eine oder andere Einlassung vorformulieren, Befangenheitsanträge, Beweisanträge. Das Licht der späteren Ereignisse wird aber dort niemanden erfassen können, in dem dann alles anders aussieht. Auch wir werden strikt nur eine Gegenwart ohne Licht haben, mit der wir arbeiten können, weil auch die Gegenwartslichtschalter alle ausgebucht sein werden, sie werden von anderen betätigt werden, das wird ein Klackern ergeben, das Klackern der Neinsager und des plötzlichen Erinnerungsschwundes.

Schließlich wird ein nächster Verhandlungstag beginnen, und der nächste Verhandlungstag wird einen Verteidiger seine Fragen zurückstellen lassen oder einen Befangenheitsantrag gegen alle Mitglieder des Strafsenats hervorbringen. Ob dieser Antrag zu kopieren sei, wird wieder diskutiert werden müssen, was an die neunzig Minuten dauern wird. Danach wird zu besprechen sein, ob man an diesem Tag überhaupt noch weiterverhandeln könne – Stopp!

Explosion

Das ist jetzt etwas laut rübergekommen. Wir entschuldigen uns dafür, dass wir uns hier im Tonfall vergriffen haben und dass es so laut wurde, aber schuld waren letztendlich die Körper. Ja, es waren die Körper, die uns erschreckt haben. Die wir irgendwie nicht erwartet hatten, obwohl es vorhersehbar gewesen war. Also dass so etwas kommt. Wir werden diese Körperschäden natürlich eingeplant haben in diesem Verfahren, aber mehr so abstrakt, nicht so konkret in den Berichten der Sachverständigen und Tatortzeugen. Bei so vielen Mordfällen liegt das auf der Hand, dass irgendwann von Schussverletzungen die Rede sein wird, diesem Endergebnis eines Mordgeschehens. Aber es wird uns trotzdem überraschen, als hörten wir es zum ersten Mal. Es wird uns umhauen. Das wird der Leichenbefund sein, das wird die konkrete Ausformulierung von Körperereignissen sein, die stattgefunden haben: Durchschuss, Streifschuss, Steckschuss und Schädeldurchschuss. Zwei Schädeldurchschüsse. Der erste davon ein Gesichtsdurchschuss. Der Explizitheit werden wir schon öfter begegnet sein, aber diesmal werden wir auf besonders gründliche Weise die Schusskanäle durch die Körper verfolgen, von Eintrittswunden und Austrittswunden hören und von den Erstickungskomponenten durch austretendes Blut. Wir werden von Übertötung hören von jemanden, der oder die eine Stimme hat. Die Stimme wird wieder tonlos wirken, sachlich, eben eine Sachverständigenstimme. Die Stimme wird plötzlich wie von einem anderen Planeten wirken. Als wäre sie nicht wirklich da. Wir werden ihr dennoch weiter zuhören, gebannt und aufmerksam. Wir werden kein Wort verpassen, denn darum geht es ja. Um diese Schadensmeldungen, die allen zu nahetreten. Wir werden gar nicht mehr herausfinden aus dem erheblichen Blutverlust, und wieder wird die Lage einer Leiche verändert vorgefunden worden sein.

»Ihr wisst genau, warum das so ist«, wirft die Frau von der türkischen Botschaft ein, »dauernd betont ihr das!«

Lange hat sie gewartet, und jetzt darf sie uns aufklären: »Das ist wegen der Hoffnung so. Dass einer noch lebt. Und wegen Erster-Hilfe-Maßnahmen. Oder um eine Waffe zu finden. Geschossteile. Was eben unter einem toten Körper so begraben liegen kann. Hat also ganz banale Gründe.« Dass das von ihr kam, wundert uns. Das hätte doch jetzt wirklich der O-Ton-Jurist sagen sollen oder der Gerichtsopa, danke jedenfalls dafür. Die Frau von der türkischen Botschaft möchte aber weiterreden und sich dabei etwas von diesem Fachwissen distanzieren. Sie möchte lieber über den Alltagsrassismus in Deutschland sprechen, vor allem in der Provinz, nein, eigentlich überall, aber das gehört hier nicht her. Schon wenn sie sagt »meine Cousine« und »ihr Arbeitgeber«, machen wir sie darauf aufmerksam, dass wir doch gleich von Gewebsauslagerungen hören werden und von dem, was passiert, wenn ein Körper im Fallen ist. Dass sich die Schusskanäle nämlich verändern können. Wir werden aber auch von einem Versuch eines SEK-Beamten hören, der sich in Schutzkleidung markieren und mit Farbmunition abballern habe lassen, um zu Ergebnissen zu kommen. In seine Gründlichkeit wird man erst einmal hineinfinden müssen. Wir werden von Schmauchspuren hören. Und von Bleianhaftungen an Haaren. Von anderen Nahzeichen. Wir werden Mundschüsse von Schläfenschüssen unterscheiden, Streifschüsse von leichten Streifschüssen, Schädeldurchschüsse von Schädelsteckschüssen, wir werden das Anlegen einer Frankfurter Ebene durch die Schädeldarstellungen verfolgen, uns mit Spurenmorphologie beschäftigen und über die Auswurfsenergien in den Pausen sprechen, die Sekundärspritzer, die entstünden, wenn Blut in Blut falle, und wir werden plötzlich wie die Beteiligten Wert darauf legen, dass die Anzahl der festgestellten Munitionsteile mit den Verletzungen korrespondieren wird. Wir werden von der fehlenden medizinischen Beherrschbarkeit hören und von den Blutspuren am Nachbarkörper. Ja, es wird auch einmal einen Nachbarkörper geben, jemand, der Blutspuren und Blutantragungen abgekriegt haben wird, und wir werden froh sein, nicht diese Nachbarkörper gewesen zu sein. Zu diesem Zeitpunkt werden wir langsam verstehen, warum der Richter hin und wieder die Floskel »Damit wir uns ein Bild vom Leben des Opfers machen können« gebraucht. Wir werden unsere eigenen Gliedmaßen dabei nicht mehr spüren, aber das wird uns nichts ausmachen. Wir werden aber so die fehlende Routine bemerken, denn es ist ein Zeichen fehlender Routine, dass uns bei so was die Arme und Beine einschlafen. Wir sollten uns endlich etwas Gerichtsroutine draufschaffen, schimpft der O-Ton-Jurist, der auch wieder aufgetaucht ist, wir sollten nicht so ein jämmerliches Bild abgeben, es war doch von Anfang an klar, wovon hier die Rede sein würde.

Wenn wir hören werden, wie einer den Hinterkopf abgetastet haben wird, dann ist das wegen der Wunden (schon wieder die Frau von der Botschaft). Wie einer den Oberkörper bewegt haben wird. Wie man den Rachenraum von dem ganzen Blut befreit haben wird.

Dann ist das Profiarbeit. Wie Rettungssanitäter eben so vorgehen. Wir danken der Frau von der türkischen Botschaft für ihre Hinweise, wir kommen aber nun ganz gut allein zurecht. Sie jedoch möchte dem Ganzen noch etwas hinzufügen: Die Drastik führe uns nämlich nirgendwohin. Wir finden aber, sie hat jetzt genug gesagt, wir müssen ökonomisch denken in dieser Angelegenheit, und sie schweift ohnehin nur ab, als ob sie es darauf abgesehen hätte.

Wir können die Frau von der türkischen Botschaft allerdings nicht verabschieden, zischelt jemand von rechts, denn sie sei von Amts wegen da. Das gehe über unsere Befugnis hinaus. »Welche Befugnis?« Wir wollen sie auch gar nicht verabschieden, zischeln wir zurück. Also nicht in dem Sinn, den hier wieder alle annehmen. Wir wollen sie nur für den Moment verabschieden, denn sie spricht jetzt weiter und ist nicht wirklich hilfreich, so verpassen wir die eine oder andere Sache. Wir verpassen die Versengungsgrade, die Verformungen und die Frage der Übertötung. Wir wollen verstehen, ab wann eine Tötung eine Übertötung wird.

Schon wieder zu laut? Ja, tut uns leid, wir wollten niemandem weh tun, aber noch leiser können wir wirklich nicht sein, mal ehrlich. »Haben wir wirklich schon wieder geschrien?« – »Ich meine nicht.« – »Ich meine auch nicht.« – Also gut, wir haben schon etwas geschrien, wir wollten eigentlich leise sein, aber jetzt sehen wir diese Entwicklung ins Laute hinein. Warum nur haben wir andauernd das Gefühl, einfach nicht durchzudringen.

Also uns Gehör zu verschaffen. Auch nicht mit der Erzählung von den Zimmermannsnägeln. Und von dem 2,8 Meter Radius, der eine Todeszone bildet. Innerhalb von 2,8 Metern sei alles sofort tot, weiter entfernt Verletzungen. Und Trommelfell. Etc. Knalltrauma …

Ja, kennten wir denn diese Sachverständigenberichte nicht aus anderen Gerichten?, ruft uns die Omagegenrechts zu. »Geht doch erst einmal in andere Gerichte, um euch an diese Praxis zu gewöhnen.« Und dann sollten wir wiederkommen und fit sein für diese sachliche Sprache der körperlichen Versehrtheiten wie der Bloggerklaus, der in vielen Gerichten schon gewesen ist, in viel mehr, als wir gewesen sein können, denn wir wirken immer wieder wie zum ersten Mal da. Er aber hat sich längst daran gewöhnt, sie alle werden den Schrecken längst auswendig gelernt haben, den wir durch Übung uns auch nicht aneignen können, aber vielleicht tun sie auch nur so, und sie sind gar nicht so geübt im Zuhören der Eintrittswunden wie der Austrittswunden.

Nein.

Auch der Bloggerklaus will diese Eintrittswunden nicht, er will diese Austrittswunden nicht, er will nicht diese Faktizität der körperlichen Versehrung. Auch er will diesen Sachverständigen im Grunde nicht, sieht ihn aber ein. Er will vor allem nicht diesen Tatbestand, der uns allen plötzlich näher rückt und uns nichts als erschreckt. »Aber deswegen sind wir ja da!« Wir hören von den Krankenhausaufenthalten, von dem zerstörten Gesicht jenes jungen Kölner Mädchens, jener Abiturientin, die aus Neugier eine Christstollendose geöffnet hat, die die Mörder in dem Laden ihrer Eltern gelassen haben. Auch die Omagegenrechts kann dem kaum noch zuhören, wie das Mädchen noch Glück hatte, weil sie sich geduckt hat, weil sie sich in jenem Moment nach unten gebeugt hat, als die Bombe explodierte, sonst hätte sie nicht überlebt. Das Glück des Mädchens ist kaum auszuhalten. Aber die Omagegenrechts ist ohnehin schon woanders und will derzeit nicht zu viel über die Geschwindigkeit von Zimmermannsnägeln hören, die durch einen Frisiersalon in der Keupstraße fliegen können. Kann man das mal nicht auslassen? Nein, kann man wohl nicht.

Diese Mündlichkeit der Gräuel ist fest vereinbart, diese Unmittelbarkeit steht deutlich fest. Dieses Prinzip der mündlichen Vergegenwärtigung. »Wir waren uns doch einig«. Aber es stimmt, man hat ja genug zu tun, den eigenen Körper zusammenzuhalten. »Keiner von uns weint«, stellt die Omagegenrechts weiter fest, »keiner von uns lässt seine Haare nach vorne fallen, damit man es nicht sieht. Keiner vergräbt sein Gesicht in den Händen. Und was sie unten tun, sehen wir nicht, weil sie zu weit weg sind.« Psssst, korrigiert der Gerichtsopa, »das macht man doch nicht wirklich hier oben.« Doch, doch, die Tränen können einem schon ins Gesicht geschrieben stehen, flüstert sie, also das Entsetzen, uns vorsichtig betrachtend, denn gleich kommen wieder Körperstellen dran, Haaransengungen, Blut, das in Blut fällt, während uns die Beine einschlafen. Gottseidank ist ihr das eingefallen mit den Gesichtern, daran haben wir gar nicht gedacht, dass wir welche haben, solche, in denen sich das Entsetzen einschreiben kann. Eine ist hier also doch zuständig fürs Gefühl. Aber wir wollen nicht, dass man es zu sehr auf uns bezieht. Wir sind die, die Abstand halten können, und das zeigen wir jetzt.

Die Gänge

Das ist doch der Moment, um einmal rauszugehen, oder etwa nicht? Jetzt ist der Augenblick gekommen, um sich die Beine zu vertreten, denn auch das tut man im Gericht. Man geht doch hin und wieder raus, um sich etwas zu bewegen und um draußen zu besprechen, was sich drinnen ereignet hat. Um Luft zu schnappen. Weil man es gerade nicht mehr aushält. Also gehen wir raus und strecken uns. Im Gang werden wir anderen begegnen, die wir nicht erwartet haben. Man sagt uns, es sei ja auch so lange her, dass wir draußen gewesen seien. Doch halt! Aus unserem Rechtssystem gibt es keinen Ausstieg!, protestieren wir. Es organisiert unser Zusammenleben und so wird man im Prinzip immer nur in den Gängen des Gerichts unterwegs gewesen sein am Ende des Tages. Interessant bleibt nur, wen man dort trifft. Z. B. den Typen, der sagt: »Ich bin kein Nazi, aber wenn man mich so nennt, dann stehe ich dazu!« In den hinteren Gängen versammeln sich die Leute, die den Namen der »Weißen Rose« im Mund führen, während sie auf Demonstrationen Verschwörungstheorien anhängen, die immer zu dem Punkt kommen, dass es da eine korrupte Elite gibt, die schnell zu einer korrupten jüdischen Elite wird. Auch solch ein Aussageverhalten müsse verteidigt werden. So grundsätzlich. Selbst wenn man die Inhalte nicht teilt. Würde der O-Ton-Jurist vorsichtig hinzusetzen, wäre er hier. Aber er ist heute überhaupt nicht aufgetaucht und lässt uns hier alleine auf andere Juristen treffen, solche, die überlegen, wie sie den Beweisantrag auf den Realitätsgehalt der Volkstodthese stellen werden, und andere, die die Gerichtsbarkeit mit Anträgen lahmlegen wollen. Die Gänge sind voller Leute, das können wir euch verraten. Ein jeder will hier zu einer Gegenwart kommen, die strikt im Saal stattzufinden hat. Ist es eine Gegenwart, in der es nur noch Sommerterrassen gibt, wo Politiker erschossen werden, und Shishabars, in denen man im eigenen Blut ertrinken kann? Wo Leute gezielt um sich schießen. Eine Gegenwart, in der Hygienedemonstrationen und Coronaspaziergänger sich freiwillig in Verbindung bringen lassen mit Rechtsradikalen, die mit ihnen mitmarschieren. Eine Gegenwart des geplanten Regierungsumsturzes aus der Mitte der Gesellschaft. Wir, die wir noch »Szene« sagen und »Verfassungsschutz« werden diese neue Sprache nicht sprechen können, die hier in den Gängen gesprochen wird. Wir verstehen nicht einmal, wo wir sind. Wir dachten, wir sind noch lange nicht am

Prozessende, aber hier auf den Gängen sieht es so aus, als wäre alles schon vorbei. »Das ist Jahre her.« Hier sind alle bereits zum Ende geeilt und sehen von diesem Ende aus zu, was drinnen erst geschehen wird.

Achtung Spoiler: Es gibt hier Leute, die werden nie vor Gericht stehen. Die werden einfach nie vor Gericht stehen, diese Kontakte, diese Helfershelfer, die hier unbenannt bleiben, die keine Aussagegenehmigung bekommen oder deren Namen noch nicht vorliegen. Die, die es gegeben haben muss und die wir nicht einfach so konstruieren können in diesem Prozess, in dem es letztendlich auch darum geht, die Sache abzuschließen. Den Rechtsfrieden auszuteilen nach links und nach rechts, nein, meist geradeaus. Das ist es ja, nur geradeaus, auf einer sehr schmalen Spur. Aber das ist alles Zukunftsmusik.

Irgendjemand auf dem Gang wird auf uns plötzlich zugehen und uns anrempeln, weil wir nicht aufgepasst haben, weil wir noch etwas durcheinander sind. Ist es der Bloggerklaus, der zurückkommt und sagt: »Hey, ich bin wieder da! Da staunt ihr was?« Nein, das ist doch nicht der Bloggerklaus. Der ist noch mit seinem bisher von uns unbemerkten Fernbleiben beschäftigt, denn wir müssen jetzt aufpassen beim Gehen. Man stolpert leichter, wenn man weiß, dass es tatsächlich diese Toten gab, vorher war man ja nur darüber informiert, jetzt wissen wir es und können mit dem Wissen nichts anfangen. Jetzt übersehen wir winzige Höhenunterschiede in den Sälen und Gängen, kleine Stufen, die Bereiche voneinander trennen, kleine Treppenabsätze aus dem Nichts, Zwischenhöhen und Rangunterschiede, die man fast nicht sieht. Wir gehen da so durch, als wäre alles auf einem Niveau, als gäbe es nur eine gerade Linie, die uns nach draußen zieht. Und stolpern.

Wird unser Fehlen drinnen lange nicht auffallen und irgendwann doch? Dann wird man sagen: Wir sollen verdammt nochmal wiederkommen! (Der Gerichtsopa) »Was wollt ihr draußen hören? Wollt ihr etwa wirklich diesem Typen zuhören, der da ins Mikro hineinblafft: ›Ich bin kein Nazi, aber wenn man mich so nennt, dann stehe ich dazu!‹ Wollt ihr dieser grünen Politikerin zuhören, wie sie sagt, dass wir nicht im achten Semester Jurastudium sind in diesem Land bei der Diskussion, ob man jemand einen Nazi nennen darf oder nicht?« Wir wissen auch so, dass wir in diesem Land nicht im achten Semester Jurastudium sind, sondern im ersten. Der Bundesanwalt wird es jedenfalls langsam leid sein, im Sitzungssaal Rechtskunde zu machen. Die Verteidigung wird es leid sein, dort Rechtskunde zu machen, aber auf andere Weise. Und der Richter?

»In den sieht man doch nicht rein. Ein Buch mit sieben Siegeln.« Plötzlich steht die Omagegenrechts vor uns. Sie hat sich um ihr kaputtes Knie kümmern müssen und fragt sich, woher wir irgendetwas über den Richter wissen wollen. »Das tut doch niemand. Ein Richter gibt keine Auskunft über ein laufendes Verfahren.« Außerdem, vielleicht wird er erst recht belehren? Vielleicht wird er mit seinen Worterteilungen sparsamer umgehen.

Vielleicht wird er niemandem mehr das Wort geben? Vielleicht wird er nur noch allein reden? Um das zu erfahren, müssten wir wieder rein.

»He, hier ist es ja ganz leer. Wo bleibt ihr? Kommt zurück!«, hören wir schon von weitem die irgendwie sehr klein gewordene Stimme des O-Ton-Juristen, »kommt wieder rein!«, wir seien ja nicht einmal bis zu dem Polizistenmord in jener Stadt gekommen, in der man die vielen Täter gesehen hat, wir hätten den einen V-Mann-Führer nicht zum sechsten Mal gehört, wie es ausgemacht gewesen sei. Wir hätten noch nicht einmal die Eltern gehört. »Also: Die Eltern!« (Der Gerichtsopa) Und auch die beiden Bombenanschläge in Köln. Wir hätten uns verabschiedet in einem ungünstigen Moment. »Wo sind wir stehengeblieben? Helft uns mal!«

Ach was, stehengeblieben. Immer wird man stehengeblieben sein bei Abbildungen von gefälschten Mitgliedsausweisen für Bibliotheken (die Frau von der türkischen Botschaft), bei Katzeneigentum, während wir draußen die Luft anhalten und plötzlich hinausblicken in das, was wir für das Licht einer kalten Märzsonne halten, denn für uns wird es immer März sein, ohne die übliche Luft zum Einatmen. Hier ist nur Luft zum Ausatmen da, aber nichts zum Einatmen, stellen wir fest, die Luft zum Einatmen muss sich erst für uns einstellen, und das kann dauern. Wir werden die Welt da draußen also vorerst nicht wiedererkennen. Von Einschusslöchern des Realen ist hier die Rede, von Schusskanälen des Wirklichen, immer im übertragenen Sinn, hier hat sich ja einiges geändert, von dem wir noch nicht gehört haben.

Drinnen, so sagen wir also, werden die Auffindesituationen weitergehen, die Leichenpositionsveränderungen, (»Jetzt hör aber auf damit!«), draußen sehen wir Menschen zu, die zur U-Bahn eilen. Die vielleicht kurz ihr Gesicht in diese Sonne halten. Die etwas in den Briefkasten werfen. Einer kommt die Straße entlang, der hält ein Paket auf merkwürdige Weise. Alles ist mit einem Verdacht belegt. Warum eigentlich jagt nicht jeder die Welt in die Luft, es geht doch so einfach? Wer weiß, wie viele sich bereits Schusswaffen besorgt haben. Wir wissen nur das Gericht in unserem Nacken, wir wissen, da ist dieser Polizist, der etwas unschlüssig in dieser gleichen Sonne wie wir steht und gleich wieder reingehen wird, weil es hier draußen nichts mehr zu tun gibt, weil niemand mehr in diesen Prozess hinein möchte. Kein Öffentlichkeitsverkehr. Es sieht zumindest so aus, als beträfe es diese Leute nicht, die da vorbeieilten. Ja, draußen läuft die Welt weiter. Das ist so im Gericht. Drinnen fährt das Prinzip der Mündlichkeit fort, draußen reinigt der Straßenverkehr unsere Ohren. Drinnen und draußen, so wird es plötzlich heißen, und so wird aus unserer Community eine des Kommens und Gehens geworden sein. Plötzlich werden sie alle mal auch woandershin müssen, hinaus in ihr normales Leben, zu ihren Arbeitsplätzen, zu ihren Arztterminen und Familienfeiern, und später erst wiederkehren. Aber da machen wir nicht mit.

Wer also jetzt von uns so zwischen Tür und Angel hören will, wie ein Hellseher beauftragt worden sein wird von der Polizei, der hat sich getäuscht! Wer von uns so als Zusammenfassung erfahren will, wie sich ein Angehöriger, Vater eines Opfers, mitten im Gericht auf den Boden werfen wird, der hat Pech gehabt! Wir stellen stattdessen fest, dass der Autoverkehr hier draußen das Gehör doch nicht richtig reinigt. Die Menschenmassen am Hauptbahnhof reinigen das Gehör nicht, die Stadt München reinigt das Gehör nicht vom Gehörten. Eine Fahrt nach Nordhessen, zum ehemaligen Zonenrandgebiet reinigt nicht. Das Gespräch mit Reichsbürgern sowieso nicht, aber auch nicht das mit Geflüchteten oder solchen, die mit ihnen arbeiten. Mit ihnen arbeiten? Egal. Wenn einem jemand dort gegenübersitzt und uns seine Geschichte erzählt, das reinigt nicht. Und auch die Demonstrationszüge in den Städten reinigen nicht. Es gibt keinen Parallelort zum Gericht, der das Gehör reinigt, das kann nur das Gericht.

Wir können uns noch so sehr kneifen und die U-Bahnstation ins Visier nehmen, weiter als bis zur Tür kommen wir nicht, das sagen wir allen. Entweder drinnen oder draußen. Hinter der Tür gibt es nur Nachfolgesituationen. Wir stehen in der Welt, in der man die Dinge laufen hat lassen und immer weiter laufen lässt bis in eine Nachfolgesituation hinein. Es wird sie ja ständig geben, ob NSU 2.0 oder Halle oder Kassel oder Hanau, oder etwa nicht? Die Nachfolgesituation, die sich da draußen anbahnt, sucht ihren Weg durch hessische

Polizeicomputer und wird noch lange nicht zuzuordnen sein. Eine läppische Nachfolgesituation. Eine furchtbare. Daneben die von der Öffentlichkeit quasi unbemerkten Morde. Ja, Leute werden erschossen werden, sie werden Messerattacken zum Opfer fallen. Nachfolgesituationen, die quasi konsequenzlos bleiben. Wir stehen also in der frischen Luft der vielleicht kommenden Prozesse und wissen, wir haben uns geirrt. Wir hätten drinnen bleiben müssen, denn hier ist nichts auszurichten.

»Blödsinn«, unterbricht uns der Bloggerklaus, »ihr seid nicht draußen. Also nicht wirklich.« Außerdem: So könnten wir nicht weitermachen. Wir kommen ja auf diese Weise nie zu den Angeklagten. So lange sind wir schon unterwegs und noch immer ist nicht klar, wer oder was die überhaupt sind. Bitte. Wo haben sie gelebt, was haben sie gemacht? Wer sind die denn überhaupt? Wie haben sie das geplant und wer war beteiligt? Ja, ruft der Gerichtsopa, wir sollten mal zu den Hauptfiguren kommen, oder noch besser, zu den Tätereltern, denn die erklären doch alles, d. h. schon mal deren Kindheiten. Wie wird man so jemand? Gottseidank ist ihm das eingefallen, Gottseidank hat er sich erinnert, dass man nicht automatisch zu einem Monster wird, sondern etwas Psychologie, also persönliche Entwicklung dahintersteht. Das liest man ja nirgendwo mehr, das macht nur noch das Gericht. So was zu erzählen.

Alle anderen würden damit anfangen, hakt der Bloggerklaus nach, etwas mürrisch nach rechts guckend, wo eifrig mitgeschrieben werde. Schreibt hier jemand mit?

Nein, hier *hat* immer nur jemand mitgeschrieben. Sie sind immer schon fertig damit. Das sind die Medienvertreter, das sind die NGOs. Und die hätten mehr oder weniger alle mit der Hauptfigur angefangen, fährt er fort, der Person mit den Haaren. Nur wir nicht. Und hier unter uns schreibe derzeit niemand mit. Das sei doch seine Rolle. Er müsse doch mitschreiben als Bloggerklaus, rufen wir. Müssen wir ihn wirklich daran erinnern? Doch er hört uns nicht, sondern fährt fort: Alle anderen hätten längst dem Ganzen Erklärungen vorangestellt und machen nach der Anklageschrift mit den konkreten Opfern weiter, die ersten Morde. Sie beschreiben schlüssig, wie sich dieses Volkstheater mit Leitzordnern und schlecht platzierten Gerichtsbeamten entrollt. Nämlich von Anfang an. Und es fängt nun mal mit den Tätern an, oder etwa nicht? Die langen Warteschlangen an den ersten Tagen, in denen türkische Menschenrechtler neben verurteilten Neonazis standen und hineinkommen wollten, bezogen sich doch alle auf die Täter und ihre Taten. Und jetzt können sie freihändig die 1000 Leitzordner erwähnen, die den Prozess ausmachten und die stets im Hintergrund zu sehen sind. Requisiten in einem Schauspiel. Sie fügen aber auch hinzu, die Aussagen der Zeugen spiegeln nicht die Meinung der Redaktion wider. Wir haben aber keine Redaktion. Wir haben nur die Frau von der türkischen Botschaft, die gerne Redaktion spielt und vielleicht gar nicht von der türkischen Botschaft kommt. Wir finden, sie sieht auch nicht so aus. Sie sehe aber nicht wie eine

Türkin aus, sagen wir ihr, wie sie insofern selbst andauernd von Alltagsrassismus sprechen könne? Da lacht sie nur kurz auf und erhebt sich. Können wir die Frau von der türkischen Botschaft nun wirklich verabschieden, ja, verabschieden wir sie jetzt wirklich, wurde ihr Vertrag etwa nicht verlängert, oder was? So was kommt vor. Wird sie abgelöst von jemand anderem, der wirklich Zeit hat, der also wirklich kann und wirklich türkisch ist?

Gottseidank erinnert uns der Bloggerklaus, dass wir ja gar nicht vor Ort sind und jetzt mal zurückkommen sollen, »denn hier bröckelt es gewaltig.« Der Bloggerklaus will noch mal darauf hinaus, das Ganze neu aufzuziehen. »Fangen wir von vorne an«. Das können wir nicht, wir können nicht einfach wieder von vorne anfangen, so unter dem Motto: »Es wird ein Spruchkörper zusammengekommen sein, es wird sich ein Gericht zusammengesetzt haben aus seinen notwendigen Bestandteilen. Es werden Institutionen in Kontakt miteinander getreten sein und wieder auseinandergetreten. Es wird von dem in Gang gesetzten Verfahren die Rede sein, das Auskunft geben wird über die Taten, die vergangen sind und doch nicht vergehen können. Es wird eine Vergangenheitsform einsetzen und alles übernehmen.« Das Gericht findet immer nur einmal statt, d. h. das Verfahren, immer nur einmal.

II. Die Gruppe

Pssst.
Da sind sie wieder.
Nein, ihr wieder da!
Sind sie es wirklich oder nicht?

Der Gerichtsopa ruft uns also zur Begrüßung zu, »Gottseidank seid ihr wieder da. Wir wussten ja nicht, ob wir euch einen Platz freihalten oder ob wir ihn vergeben sollen. Die sind hier ja nicht automatisch für euch reserviert, aber man kann ja was arrangieren. Schließlich kennen sich hier mittlerweile alle. Denn jetzt wird es spannend, also heute wird es spannend.« Er komme hierher, weil er es spannend finden möchte und nicht unspannend, wie es leider in den letzten Wochen immer mal wieder war, als es nur um Kopieranträge ging und abgesagte Terminierungen, weil ein Zeuge nicht erschienen ist. Aber man bleibt trotzdem dabei. Zudem möchte er Tatsachen, also Tatsachen herausgearbeitet sehen. »Ihr wisst aber schon, dass das hier ein Luxus ist, der anderen Ländern versagt ist. In euren Ländern«, platzt der O-Ton-Jurist dazwischen, »gibt es doch so was nicht. Da, wo ihr herkommt.« Wir würden hier lernen können, wie Rechtsstaatlichkeit geht. Doch wir wissen gerade nicht, wo wir angeblich herkommen, wir denken doch nur von hier und jetzt aus, aber der O-Ton-Jurist sieht das anders. Etwas ist bei ihm passiert. Hat er Schwierigkeiten mit seiner Kanzlei? Ist es etwas Familiäres? Er habe so seine Sorgen, sagt er, und die würden durchaus auch uns betreffen. Er hätte genug mit unsereins zu tun. Wir seien das Problem. Nein, das hat er jetzt nicht gesagt. Wir dächten uns das nur aus, so der Bloggerklaus. So redet der doch nicht.

»Stopp«, sagt die Omagegenrechts. »So fangen wir nicht an. Konzentrieren wir uns.«

Ja, konzentrieren wir uns.

Seid also still.

»Dabei kommen doch heute die Eltern dran«, erinnert uns der Gerichtsopa plötzlich erneut, das ist jetzt viel wichtiger, denn die Eltern der Täter, das sei doch so interessant, erklärt er weiter, als müsste man das uns näherbringen: Kausalitäten, menschliche Schuld, von so was kommt so was. Deswegen sitze er auch hier. Wo sonst auf dieser Welt erfahre man noch etwas über Zusammenhänge, über reale Zusammenhänge wohlbemerkt. Die Medien hätten ja aufgehört, »von so was kommt so was« zu berichten. »Sagten Sie schon!« (Der Bloggerklaus.) Außerdem: *Die* Medien gebe es nicht. Der Gerichtsopa ignoriert das. Die Omagegenrechts seufzt auch. »Was ist«, fragen wir, »haben wir etwas verpasst?« – »Wir alle«, antwortet nach einer ganzen Weile die Punktumyildiz, »wir alle haben etwas verpasst.« Sie betont das »Wir« und hält dann inne, um uns anzusehen und nach einer weiteren Pause zu blaffen: »So was wie Aufklärung?« – »Ja, was habt ihr denn erwartet«, pfeift der O-Ton-Jurist dazwischen, »zudem gab es Aufklärung.« Ob sie die Arbeit der Nebenklage schmälern wolle? Das sei doch ihr Ding. »Dabei sind wir ja noch nicht mal Angehörige«, ignoriert ihn die Punktumyildiz – »Elternerzählungen haben etwas Beruhigendes«, unterbricht sie die Omagegenrechts, »alles kommt wieder auf menschliche Gleise, die hier so verlassen wurden.« Einen kurzen Moment erschrecken wir über die menschlichen Gleise, dann versichert uns der Bloggerklaus, die Gerichtserzählung fahre wieder ins Zwischenmenschliche zurück, und außerdem, man sei doch jetzt hier so was wie eine Community, man stehe das gemeinsam durch.

Auch die Punktumyildiz wendet sich an uns, ja, jetzt sei wirklich der falsche Zeitpunkt zu gehen, jetzt müsse man einfach dableiben und Farbe bekennen. »Farbe bekennen?«, fragt der O-Ton-Jurist und lacht, was sie damit meine. Die Omagegenrechts hat aber bereits schon zum Bloggerklaus gesagt, wir sollten doch an unsere Kinder denken, so als ob alle Welt Kinder hätte – der Gerichtsopa hat angeblich sogar hier im Saal zwei, eine ganz links und eine ganz rechts, merkt der Bloggerklaus an, aber »Mein einer Sohn interessiert sich nicht«, hat er nur stumpf gesagt, »mein anderer ist ganz anderer Meinung. Und die Tochter …« Dann guckt er einen Moment lang ganz leer, »die sitzt hier auch irgendwo«. Die

Omagegenrechts sagt nur: »Ja, ja, das soll es geben.« Sie komme auch um ihre Tochter nicht rum. So lange hat sie es versucht, aber es hat nicht geklappt. Heilpraktikerin, was soll man da machen, zweiter Bildungsweg. Schwierige Schuljahre. Sehr rechthaberisch. Hat es auch nicht leicht als Alleinerziehende. Dann ist es wieder still. Und wir, wir seien ja jetzt auch weniger, allenfalls zu zweit oder zu dritt, beginnt die Punktumyildiz wieder, aber absolut ansprechbar, versichert der Bloggerklaus, und wir sagen, nein, nein, aber nein, aber es hilft nichts, wir müssen jetzt mit.

Wir werden also mit den anderen auf die Eltern warten und lassen uns erklären, dass man immer auf die Eltern wartet bei so einem Verfahren, also die Täter-Eltern, nicht die Opfer-Eltern, denn nur erstere erklären alles, während zweitere nur vor Rätseln stehen bleiben. Es wird sich so anfühlen, als würden wir auf der harten Bank sitzen, wo man sich verrenken muss, um überhaupt noch was zu sehen. Mit schmerzendem Po werden wir also auf die Eltern warten, und statt der Eltern kommen die Verfassungsschützer, oder sie kommen nicht, und die Akten bleiben unter Verschluss. Das tun sie ohnehin, wird nicht eine Aktenvernichtung bei den Verfassungsschützern in Gang gewesen sein, just an dem Tag gestartet, an dem der Generalbundesanwalt seine Arbeit aufgenommen hat? Die Punktumyildiz, die wir langsam in eine Aktenyildiz umbenennen wollen, weil sie bereits die ganze Zeit von nichts als diesen verschwundenen Akten spricht, wird schon darüber etwas gehört haben wollen, aber man wird sie nichts hören lassen. Immer gerade dann, wenn sie etwas gehört haben will, wird sie der O-Ton-Jurist unterbrechen und verlautbaren, man sollte nicht aus einigen wenigen Informationen über den gesamten Rechtsstaat urteilen. Und dass ihm das alles ohnehin zu weit gehe, wir mit unseren gezielten Angriffen auf dieses doch wirklich funktionierende Justizsystem. Wir wüssten ja nicht, was wir redeten. Der O-Ton-Jurist, wird sich selbst überholen beim Sprechen, als hätte er zu lange darauf gewartet, »was nicht typisch für ihn ist«, steuert die Omagegenrechts bei. »Ich meine, der ist doch sonst nicht eben zurückhaltend mit seinen Aussagen.« Und jetzt ist er irgendwie auf eine Überholspur geraten, so als hätte er allzu lange überhaupt nicht geredet und müsste alles einholen, als müsste er schneller als alle anderen sprechen und deutlicher, als müsste er uns übertönen und alles mit einem Mal klarstellen, um danach wieder in ein Schweigen zu fallen. Vielleicht hat er es aufgegeben mit uns?

»Wir sind doch jetzt längst ganz woanders«, wendet auch der Gerichtsopa ein. Wir müssen uns keine Raststätte mehr ausdenken, eine Raststätte mit einem Parkplatz drauf, wie es die Aktenyildiz macht, irgendwo inmitten von Deutschland, und dann noch ein Polizeiauto auf diesem Raststättenparkplatz, und wie mitten aus diesem geschlossenen Polizeiauto Akten gestohlen worden sein sollen, denn wir sehen uns vor den Eltern, die alles erklären. Wir müssen uns wie der O-Ton-Jurist nicht diese eine Frage stellen: Hat der nächste Zeuge eine Aussagegenehmigung vor Gericht oder eher nicht? Und dann, gleich im Anschluss: Wie weit reicht seine Aussagegenehmigung? So weit, dass sie einen Parkplatzeinsatz miteinschließen kann? Nein, jetzt kommen die Eltern. Die Eltern erklären alles in diesem Land. Sie fegen die fehlende Amtshilfe vom Tisch, die fehlende Unterzeichnung vom hessischen Innenminister, die fehlende Unterstützung der Polizei, das Länderübergreifende, die Probleme des Föderalismus: Wenn ein mordendes Trio durch Deutschland zieht, dann ziehen die Bundesländer eben nicht mit, da gibt es Grenzen. Um Platz für die Eltern zu machen, lassen wir den Vermerk aus, dass der V-Mann-Führer das Mordopfer hinter der Theke bemerken hätte müssen. Wird er doch am Tatort zur Tatzeit gewesen sein. Lassen wir aus, dass er den Mord bemerkt haben hätte müssen oder selbst die Tat begangen. Wir werden nicht hören müssen, dass es ein Telefonat dieses V-Mann-Führers mit einer rechtsgerichteten Person gegeben habe direkt nach dem Mord. 668 Sekunden lang sei es gewesen, woran sich der V-Mann-Führer erst einmal nicht erinnern will. Wir hören nicht, wie er sich sechs Mal hintereinander erst einmal an dies und das nicht erinnern will, weil er sechs Mal vorgeladen werden wird und dabei immer die Kooperationsbereitschaft des Landesamts für Verfassungsschutz fehlt, und wir werden uns auch nicht wundern müssen, warum der V-Mann-Führer seinen Vorgesetzten nicht im Büro, sondern in einer Autobahnraststätte getroffen haben wird, wir werden das Wundern diesbezüglich zurückgefahren haben, wie das Amt das macht. Das Wundern kann man nämlich dort in Stufen zurückfahren, berichtet der Gerichtsopa, er habe das lange genug erlebt, denn er habe lange genug selbst in einem Amt gearbeitet. Das Amt lässt das Wundern gerne zurückfahren, aber hier ist es schon so sehr zurückgefahren, dass man es nicht einmal mehr zurückpfeifen lassen könnte, wollte man das. Wir müssen uns nicht mehr damit befassen, dass das Amt die Sperrerklärung abgegeben hat, und müssen auch nicht mehr hören, dass das größte Unglück dieses Amtes darin liegt, dass Leichen direkt neben einem V-Mann-Führer abgelegt werden, denn jetzt kommen die Eltern.

»Warum flüstern wir eigentlich? Hört uns jemand? Sind wir immer noch zu laut?« Man wird immer zu laut sein im Gerichtssaal, deswegen sind wir ultraleise. Wir wispern und flüstern, wir hauchen unsere Vermutungen hin. Unsere Stimmen seien ohnehin verstellt, macht uns die Omagegenrechts aufmerksam. Man erkenne die gar nicht mehr. Aber jetzt und in diesem Augenblick wird der Richter zweimal verärgert reagieren und darauf aufmerksam machen, dass gewisse Anträge wesentlich früher hätten gestellt werden sollen. »Er wird meckern«, fügt der Bloggerklaus hinzu. »Das ist aber despektierlich«, sagt der Gerichtsopa. Der V-Mann-Führer wird sich winden, dass er nicht eben stolz darauf sei, dass er alles verwechselt habe. Aus einem akribischen Mitarbeiter eines Landesamtes wird nämlich über Nacht ein Allesverwechsler geworden sein, dem Täterwissen unterstellt werden kann, weil er noch vor den Medien die Tatwaffe kannte.

»Was soll das, ich dachte jetzt kommen die Eltern?«

Die Eltern lassen auf sich warten, stattdessen bricht die Zeit der TKÜ an. Ja, wir haben die großen Ebenen der TKÜ erreicht, der sogenannten Telekommunikationsüberwachung, die viele Telefonnummern beinhaltet und viele nicht-existente Personen auf Handyzulassungen. »Das meinst du nicht im Ernst!« Doch, doch, die belauschten Gespräche. Die nicht ganz zu Ende belauschten, die fehlenden Gespräche und die fehlenden SMS, die SMS-Lücken in der Überwachung, bevor die Eltern erscheinen, Führerscheinhäufungen werden zu bemerken sein, abgekaufte Persönlichkeitsrechte, abgekaufte Ausweise, Führerscheinendnummern, nicht enden wollende Endnummern, Krankenkassenkarten und Ausweisnummern für die Untergetauchten, die Abgetauchten, die ins Illegale Verschwundenen. »Voilà, willkommen im Tagesgeschäft!«, wird der Gerichtsopa neben uns sagen, als habe er noch nicht kapiert, dass wir schon längst im Tagesgeschäft angekommen sind.

»Nein, von so was kommt so was, kommt jetzt!« (Der Gerichtsopa) D. h., die Eltern tauchen auf, und mit den Eltern taucht die ostdeutsche Geschichte auf. Die ostdeutsche Geschichte, wie sie vielleicht nie gewesen ist, egal, wir werden sie nie ganz verstehen, denn wer sie nicht erlebt hat, kann nicht mitreden. Also wie das zuging in Nachwendezeiten. Wie einer so wird, dass er mordend durch die Straßen unserer Städte zieht nach einer Wiedervereinigung, die viele auch als westliche Besatzung erlebt haben. »Sie machen sich was vor«, meint die Omagegenrechts, die auch nicht aus dem Osten kommt und deswegen eigentlich gar nichts sagen kann. Also lassen wir sie reden? Nein! (Der Gerichtsopa) Aber jetzt häufen sich die Momente, in denen jemand nicht aus dem Osten kommt und in denen man eben nicht verstehen kann, z. B. wie drei so werden können, dass sie losziehen und rassistische Morde begehen, denn das ist nur aus diesem Kontext heraus verstehbar. Und den kennen wir nicht. Nur wie es solchen Eltern gehen muss, wissen alle. Dass diese Eltern ihr Päckchen zu tragen haben, wenn es auch ein anderes Päckchen ist als das, was den Eltern der Ermordeten aufgebürdet wurde. »Das war kein Päckchen!« (Die Aktenyildiz, die wirklich nichts vom Osten versteht.)

Denn sie werden irgendwie Schuld gehabt haben, man weiß nur noch nicht wie, aber möchte ihnen auch nicht zu viel aufbürden. Zumindest keine Schuld im gerichtlichen Sinn, mehr eine moralische, denn das macht der Westen so, der verteilt immer sehr schnell moralische Schuld nach links und rechts. Und wir sind ja im Westen, oder etwa nicht, erinnert uns der Gerichtsopa. Er wird dennoch versucht sein, sie freizusprechen, die Eltern. Die haben ja stets den begrenzten Handlungsspielraum im Leben ihrer Kinder, und schon gar in Nachwendezeiten, wenn die Welt kopfsteht. Ja, plötzlich wird gerade der Gerichtsopa aus dem Osten kommen, wer hätte das gedacht, plötzlich kann er etwas sagen, was niemand unter uns sagen kann, er kann uns aufklären, über die Verhältnisse da drüben, wie das eben so war in der Nachwendezeit. Wie gut, dass wir ihn haben, um uns mit den ganzen Szenezeugen und Eltern die 90er zu erklären. Um später auf die Geheimdienste zu sprechen zu kommen, die ja in den neuen Bundesländern ganz schön aktiv gewesen seien. Die ihre Jungs da schon rekrutiert haben, die die Drecksarbeit von den Jungs haben machen lassen. Der Tätervater wird als Höchstpersönlicher auftreten, der höchstpersönlich das beobachtet hat, wie der thüringische Landesverfassungsschutzchef aufgetreten ist, also wie er im Kaffeehaus gesessen ist und seine Jungs empfangen hat. Wie er sie angeworben und direkt die Kriminellen unterstützt hat. Und wie er sie dann sitzen hat lassen in ihrer Kriminalität. Der Tätervater wird als Höchstpersönlicher auftreten und gleichzeitig als jemand, der Körperverletzungen als harmlose Rangeleien betrachten kann und den Widerstand gegen die Staatsgewalt als tüchtiges Sich-Wehren. Er wird vom Charakterkopf seines Sohnes sprechen und von dessen Zeit beim Militär.

Und dann werden sie auch gleich ihr Duell ausfechten, das Duell unter sich und das Duell mit dem Richter, das heißt mit dem, was er verkörpert. So was wie diesen Vater wird man schon lange nicht mehr gesehen haben im Gericht, zumindest sagt das der Gerichtsopa, als kenne er sich aus mit Tätervätern. Ja, der Gerichtsopa wird plötzlich irgendwie aus dem Osten kommen, denn sonst könnte er nicht sagen: »Das waren sie, richtige Kaderkinder.« Und wir werden sagen: »Wieso? Die Mutter war doch Verkäuferin, die sagte doch, sie sei mit der Kaufhalle verheiratet gewesen?« – »Der Vater«, fährt der Gerichtsopa ungerührt fort, »der war doch Informatikprofessor.« Aber auch als Verkäuferinnensohn könne man in der DDR Kaderkind sein, denn das Verheiratetsein mit einer Kaufhalle habe etwas mit dem Sozialismus zu tun. Nur wir wüssten das nicht, nach und nach sind wir hier oben die Einzigen, die nicht aus dem Osten kommen. Aber wir wissen etwas von dem Duell, das Hauptätterelternpaare unter sich ausführen werden, wie immer, wenn es zwei Elternpaare gibt und zwei Kinder, die straffällig geworden sind. Das lässt die einen Eltern den anderen die Schuld zuschieben. Das ist doch normal, was habt wir erwartet? Großes Theater. Nichts weniger.

Und schon sind sie wieder vorbei, die Eltern mit einem Geheimdienstinnehalten, mit ihren Geheimdienstlippen: Der Geheimdienst sei schuld, dass die Kinder nicht in die Legalität zurückkehren konnten. Als wäre nichts weiter passiert als das Fernbleiben bei dieser Legalität, ja, als wäre die ein Ort, bei dem man sich melden muss und der sich entziehen kann, ganz wie es ihm passt. »Ist ja auch so. Zumindest, wenn man draußen ist.« Eltern, die weniger überlebt haben werden als entlanggelebt am Abdriften ihrer Kinder, weil sie immer noch mit dem Aufbau oder Abbau des Sozialismus beschäftigt gewesen sein werden. Nein – »Mit Eltern kannst du auch nicht mehr alles erklären«, seufzt der Bloggerklaus mit seiner Omagegenrechts im Gepäck, denn die beiden haben sich zusammengetan. Immer treten sie zu zweit auf, die Oma und der Bloggerklaus, der Bloggerklaus und die Oma, sie wirken wie ein verliebtes Pärchen, sie wirken wie Mutter und Sohn als verliebtes Pärchen. Dauernd haben sie sich etwas zu erzählen, was an uns vorbeigeht, andauernd tuscheln sie und gehen mit ihrem Getratsche weit über die Gerichtssituation hinaus. Ja, sie reden über die Stadt! Sie haben gemeinsame Bekannte! Über ihre Gebrechen. »Das geht zu weit! Konzentriert euch auf das Hier & Jetzt!«, werden nicht nur wir sagen. Auch werden beide den Osten wieder einmal nicht verstanden haben, auch da wird man ihnen wieder alles haarklein erklären müssen, kommentiert der Gerichtsopa seufzend. Wir sehen schon, wie wir plötzlich auch ein bisschen aus dem Osten kommen werden, schon alleine dieses Zeitgefühl, das verloren ging in jenen Jahren, den sogenannten Nachwendejahren, wird uns vertraut. Man weiß ja gar nicht mehr, was wann passiert sei, die Zeit verschwimmt ja, die ganzen 90er eine einzige Suppe aus gestern und vorgestern. Man ist ja gar nicht mehr imstande, die Kausalketten herzustellen, weil einem einige Glieder fehlen. Außerdem ist man doch ein wenig aus der Übung damit, aber das Gericht bringt uns wieder in den Kausalkettenschwung, das wird es doch, oder?

Ja, schnell geht es vorbei mit den Eltern. Kaum sind sie da, sind sie schon wieder weg mit ihren Aussagen, wie plötzlich merkwürdige Freunde bei den eigenen Kindern aufgetaucht seien. Während sie als Eltern nämlich keine Freizeit mit ihren Söhnen verbracht haben und mit der Kaufhalle verheiratet gewesen seien (die Mutter), wird es zu »Stöpsel und Spange« kommen, denn so werden sich die Freunde des Sohnes genannt haben. »Stöpsel und Spange« werden die Tätereltern allerdings nur »vom Gesicht her« gekannt haben (die Mutter), und es wird nicht die Hauptangeklagte gewesen sein, die sie unter all diesen neuen Freundschaften irritiert habe, weil die sich doch auch über die Springerstiefel aufgeregt hat. Weil die doch die Naziklamotten selbst nicht gemocht hat im Gegensatz zu der ganzen anderen Freundesrunde. Wie soll sie da selbst ein Nazi gewesen sein? »In zehn Jahren ist alles verjährt, dann komm ich wieder!«, werden diese Eltern am Ende gehört haben. Dieser Satz wird in ihrem Kopf tagtäglich seine Runde gemacht haben all die Jahre hindurch, die Hoffnung auf die Rückkehr ihrer Kinder aus dem Untergrund, ein falscher Satz, wie sich herausgestellt hat. Doch ein falscher Satz bleibt selten allein, meist gesellt sich zu ihm ein weiterer falscher Satz, auch wenn er viel später vorkommt, nämlich hier und jetzt im Gericht. Jeder hier im Raum könne die Eltern verstehen, doch die Tätermutter mache noch mehr, gibt diese gerade kund, sie verstehe zudem die Opfereltern. Aber: »Die konnten wenigstens trauern.« Da bleibt der Omagegenrechts doch die Luft weg, da bleibt dem Bloggerklaus die Luft weg, da sagt nur der Gerichtsopa »Wieso?« Vielleicht wird die Trauer der Opfereltern demnächst ein Thema sein können, schlägt die Aktenyildiz vor.

Nein, man kommt erst mal um den Personenkult nicht herum, das ist jetzt schon klar. Zuerst Personenkult, dann die Trauer, so ist die Reihenfolge. »Konzentriert euch also, Bloggerklaus und Omagegenrechts!«

Hauptfiguren

Wir müssen uns korrigieren, das tut uns leid. Ihr könnt euch wieder setzen. Ja, ihr könnt eurer Entrüstung mal Einhalt gebieten. Lange genug habt ihr jetzt aufgeschrien. Wir müssen uns korrigieren, wir werden uns bessern. Ja. (#saytheirnames!) Aber findet ihr nicht auch, wenn wir es richtig machen wollen, müssten wir gleich von der Hauptfigur sprechen, dem Zentrum des Prozesses, denn sie ist die Übriggebliebene. Sie ist die, auf die sich alles konzentriert. Sie ist die, der man vorwirft, mittätig geworden zu sein, obwohl sie bei den Taten angeblich nie dabei war. Die das unterstützt hat, vermutlich mitgeplant. Was wird da überhaupt gelaufen sein? Wer wird sich das unter welchen Umständen ausgedacht und es durchgeführt haben? »Die Opfer haben es sich ja nicht ausgedacht«, blafft die Omagegenrechts. Außerdem: Ein jeder Medienbericht wird mit ihr beginnen, und wenn wir auf diesen Prozess blicken, wird man erst einmal um diesen Personenkult nicht herumkommen, der beinahe alles überdeckt. Wir werden uns die Hauptangeklagte also nicht zu merken brauchen, sie ist immer schon da mit ihren Haaren, die kein Ende nehmen und sich über das ganze Land ziehen. Wir werden ihre Bewegungen studieren. Wir werden uns darauf konzentrieren, wann sie lacht und wann nicht, wann sie den Kopf hebt und senkt, wann sie sich abwendet. Wir werden keinen Moment auslassen. Und wir werden das Flüstern beobachten, das aus ihrem Mund kommt und an einen Verteidiger gerichtet ist, wir werden von ihr als von der Frau mit den Katzenkörben hören, aber hier wird sie nur die Frau mit den Haaren sein, den langen feinen Haaren bis nach Jena, bis nach Zwickau, bis zur Urlaubsinsel Fehmarn, obwohl ihre Haare in Wirklichkeit viel weiter reichen. Manche werden sagen, sie sind nicht fein und lang, sie bilden eher Nester, da sitzen sie drin, die V-Männer, denn wir finden die nicht an den Tatorten, sondern gut versteckt in den Haarnestern der Hauptangeklagten, an die 40 Leute werden das gewesen sein, Menschen, deren Akten 120 Jahre gesperrt sein werden, aus den wohlbekannten Staatsschutzgründen. Sie ist die Frau, die sich zu den Verteidigern neigen wird und schäkern, eine Frau, die sich dann von der Presse abgewandt hat und als Einzige übrig geblieben ist, Restbestand eines Terrortrios, wie es heißt, »oder, andere Version« (hier der Gerichtsopa): »Die Frau ist umstellt.« Wir dürfen uns wundern, wer sie umzingelt hat, für 120 Jahre umzingelt hält. Wir sehen aber immer nur ihre Vorderseite, nachdem sie ihre Rückseite ganz zu Beginn schon bei der Presse abgegeben hat und durchgehalten bis zu ihrem Verteidigerwechsel, beim Fotoshooting, eine Rückseite, von der man jetzt schon nicht mehr weiß, wie sie ausgesehen hat. Sie wird eine Sprache wählen, die über ihre Kleidung läuft, um etwas zu sagen, wird sie aussehen, was dann auch tatsächlich bemerkt wird. Ansonsten Gerüchte und Geschichten. Solche aus dem Gefängnis, wie viel Hoheit sie sich schon da erworben hat. Beim Gefängnisvolleyball wird man sie beobachten, beim Weihnachtsgottesdienst im Knast oder auch nicht, weil sie fernbleibt. Von ihrem Fernbleiben wird die Rede sein, es ist ein Ersatzfernbleiben, denn hier kann sie ja nicht fernbleiben, so gerne sie auch würde. Im Gericht herrscht die Anwesenheitspflicht der Angeklagten, auch wenn das von dem einen oder anderen per Antrag in Frage gestellt wird. Sie müssen sich anhören, was ihnen begründet laut Anklage vorgeworfen wird, auch wenn ihnen das schwerfällt, sie müssen sich anhören, was da diskutiert wird, wie man Spuren folgt, die alleine sie im Fokus haben. Man sieht, es fällt ihnen sehr schwer, unsere Hauptfiguren bekommen Kopfschmerzen und Schweigeschmerzen, vor allem, wenn sie auf anwaltliches Anraten zum Schweigen verurteilt sind und nicht mehr wissen, wohin mit ihrem Schweigen, d.h. nein, eigentlich, woher ihr Schweigen noch nehmen. Auch die Hauptangeklagte kann nur ihrer Schweigestrategie folgen, die sie mehr und mehr ermüdet, der sie aber kein Reden gegenüberstellen kann, wie sich zeigen wird. Ihr Aussageverhalten wird im Schweigebereich bleiben, auch wenn angeblich Worte aus ihr herauskommen werden, nichtssagende Worte und dadurch umso mehr verletzende Worte. Nirgendwo sonst wird das leere Gerede so gefährlich sein wie an ihrem sogenannten Aussagetag. Der sogenannte Bruch des Schweigens wird eine Inszenierung, die das Schweigen fortführt, denn einzig von ihren Eskapaden wird die Rede sein, sie wird ihre Sekt-Arien des Nichtwissens singen, des Bestürztseins über die Taten ihrer Terrorsitznachbarn, wenn die mal rausgekommen seien – also: schlechte Stimmung im Haus! Schon wieder ein Mord! Der irgendwie mit viel Sekt weggespült werden kann. Oben auf der Empore werden wir dem nur mit einem halben Ohr zuhören und lieber überlegen, ob ein Besuch gekommen ist, ob unter uns einer ist, der alleine wegen ihr da ist, also um sie zu sehen, um sie wirklich zu sehen, jetzt aber wirklich. Weil sie doch heute irgendwie anders ist und redet. Männer werden sich für sie positionieren, spekuliert der Bloggerklaus. Denn es werden ausnahmslos Männer die Frau mit den Katzenkörben besuchen, und sie werden für sie in Fan-T-Shirts dasitzen, für die Frau, die dreizehn Jahre im Untergrund mit den Mordbuben unterwegs war, und offensichtliche Signale abgeben. Sie wird uns langweilen, meint die Omagegenrechts, und manche werden den Personenkult um sie zum Kotzen finden, aber nicht um ihn herumkommen, denn die erste und beinahe einzige Frage, die man ihnen draußen stellen wird, wird sein: »Und wie ist sie so? Wie wirkt sie auf dich? Also ich kann sie mir nicht vorstellen.« Einer wird ihr Gedichte und Geld schicken. Oder Geld und

Gedichte. Er wird sich seinen Reim auf sie machen und ihr auch gerne etwas dafür zahlen. Oder schreibt er ihr nur Liebesbriefe?, »das weiß ich nicht mehr. Du, das weiß ich nun wirklich nicht mehr.« Das ist wirklich das Hauptgebiet des Bloggerklaus, diese personality show, da verweisen auch wir ganz auf ihn, weil das auch seinen Blog antreibt, diese Hintergrundstorys zum Prozesspersonal, oder wer im Gefängnis ein- und ausgeht, die Besucher. Insofern ist er über den Zustand der Hauptangeklagten auch immer bestens informiert und hält uns auf dem Laufenden, ob wir wollen oder nicht. Und wer will nicht wissen, wie es so ist, mit so einer Mordbubenmannschaft mitzuziehen?

In welchen Wohnungen wird sie gewohnt haben, welchen Sekt wird sie getrunken haben, mit wem wird sie Sex gehabt haben, mit wem keinen Sex, wie abhängig wird sie sich gefühlt haben und wie wird sie dabei ausgesehen haben, die Hausfrau, die auf ihre Terrorjungs wartet? Sie wird keine Stimme haben wollen, und wenn sie doch einmal spricht, wird sie stets nur mit halber Stimme sprechen. Die halbe Stimme wurde ja im Gericht erfunden, fürs Gericht erfunden, für das Sprechen dort, und sie wird auf sie zugreifen, wann immer sie möchte, aber sie möchte hauptsächlich nicht.

Der Personenkult wird aber nicht bei ihr stehenbleiben, weiß die Omagegenrechts, weiß Gott nicht. Er wird versuchsweise auf den Richter übergreifen, doch der wird das nicht zulassen. Wird er wirklich der Unporträtierbare bleiben? Der Technokrat ohne Emotion? Der

Jähzornige, der sich zu beherrschen weiß mit Müh und Not? Oder werden Bilder von ihm gemacht werden und seine Stimmung besprochen? Das gehört ja irgendwie dazu. »Mit welchem Fuß ist der Richter heute aufgestanden?«, fragen wir alle irgendwann. »Wenn wir den Richter morgens sehen, wissen wir, wie das Wetter heute sein wird«, werden die beiden Journalistinnen sagen, die vorne rechts in der ersten Reihe sitzen werden, dort, wo das gute Erzählen sitzt. Mit ihrem guten Erzählen werden sie das gute Voranschreiten des Gerichts dokumentieren, bzw. immer schon dokumentiert haben, uns bleibt ja mehr das schlechte Erzählen übrig, das es mit dem schlechten Voranschreiten des Gerichts aufnehmen kann. Den Richter wird man bereits aus anderen Verfahren gekannt haben, aus Fortbildungen, die er zu Staatsschutzprozessen gegeben hat. Er wird die über seinem Senat thronende Figur sein, die man herausfordert, von Seiten der Verteidigung, von Seiten der Altverteidigung, die erst seit kurzem Altverteidigung genannt werden wird. Aber dazu später. Greifen wir nicht vor. Immer greifen wir vor. »Ja, wirklich.«

»Ich kannte den, du, ich kannte den wirklich«, nuschelt jemand hinter uns, wir können uns nicht umdrehen, das wäre zu auffällig. »Wir haben gegenüber gewohnt, damals, als wir noch drüben waren«, nuschelt es weiter, und wir verstehen, dass nicht ein Opfer gemeint ist und auch nicht der Richter. »Er war ein guter Nachbar.« – »Mir ist nichts an dem aufgefallen.« – »Ich kann mich an den gar nicht so erinnern.« – »Wir haben doch schräg gegenüber gewohnt.« – »Hoffentlich erkennt er mich nicht.«

Nur wenige aber werden wirklich den Urlaub mit jenen verbracht haben, die so auf Campingplätzen herumstehen können und zwischenzeitlich Menschen erschießen, weil ihnen ihre Hautfarbe oder die Idee ihrer Hautfarbe nicht passt. Nur wenige sind es, aber die hat es dann ordentlich erwischt, denn die Urlauber werden so normal gewirkt haben, also die Miturlauber, die Zelt an Zelt und Wohnwagen an Wohnwagen mit einem gestanden sind, und jetzt seien sie geschockt und hätten sich in Therapie begeben müssen, wird es heißen, weil sie ja nichts ahnen haben können. Die Tarnung sei perfekt gewesen, die Kinder hätten ganz unschuldig mit den Mördern und der mutmaßlichen Mittäterin Karten gespielt und seien Boot gefahren. Man habe also an deren Deckung mitgearbeitet, sei einem bewusst geworden. »Wir haben mitgemacht, dass sie alltäglich wirkten. Wir haben mitgearbeitet an deren Legende. Wir haben, ohne es zu wissen, uns beteiligt an deren Treiben!«, rufen sie schockiert. Und das können wir verstehen, besser als alle anderen.

»Bin ich jetzt eigentlich ein Teil eurer Gemeinschaft, ja oder nein!«, fährt uns die Aktenyildiz plötzlich an, die wirklich keine Vornamenyildiz mehr sein möchte, die das auch nie wollte, nur wir hätten sie immer so genannt. Was sollen wir sagen, es wird nach wie vor faszinierend bleiben, sich in die Mörder hineinzudenken, Opfer sind niemals faszinierend, wirft der Bloggerklaus ein, der nicht zu wissen scheint, ob er sich gleich doppelt in sie hineindenken soll oder lieber gar nicht. »Ich glaube nicht«, fährt die Aktenyildiz fort, die schlagartig wieder zu einer Grundsatzyildiz mutieren möchte, »dass ihr wirklich dasitzt und abwartet, wann jemand wie ich hier endlich angekommen ist. Ihr wartet nicht, ihr wisst, ich kann nie ankommen.« Sie sieht uns kurz an, wartet nicht auf unsere Reaktion, sondern es bricht aus ihr heraus: »Wo? Ich weiß auch nicht, wo. Klar ist, ihr selbst, ihr müsst nicht ankommen, ihr seid immer schon angekommen, während solche wie ich immer noch anzukommen haben!« Wir wissen noch nicht, wie wir darauf reagieren sollen, das heben wir uns für später auf, wenn wir mehr über die Aktenyildiz wissen.

Während wir noch überlegen, ob wir überhaupt eine Gemeinschaft sind, denn der O-Ton-Jurist sagt, nein, auf keinen Fall, macht sie erneut weiter: »Und ihr«, wendet sie sich an den O-Ton-Juristen und den Gerichtsopa, »ihr sitzt immer schon in der Triothese, in die ich erst hineinfinden muss. Das schaffe ich aber einfach nicht. So sehr ich mich auch anstrenge, ich kann da nicht Kurs halten, ich kann nicht Spur halten«, sie kenne zu viele Namen, d. h. Decknamen, auch wenn die Namen nicht in der Anklageschrift standen, sondern nur aus der Nebenklage mitten in den Prozess hineingereicht werden. Sie sehe da den Mann ohne Hals stehen, »seht ihr ihn nicht, den Mann ohne Hals, in seinem Liechtensteiner Exil, das ihn aber nie einholen wird?« Nein, der Mann ohne Hals wird als rechtsextreme Szenegröße nicht vorgeladen werden, er sitzt zu weit drinnen in seinem Liechtenstein, oder war er es, der in seinem Bauunternehmen gerne den einen oder anderen beschäftigt hatte? Der Mann ohne Hals wird nicht kommen, weil der Senat dem Antrag der Nebenklage nicht folgen möchte. Auch der hessische Ministerpräsident wird nicht kommen, der hat anderes zu tun. Also der hat jetzt wirklich anderes zu tun, »darüber müssen wir hier nicht diskutieren, oder?«

»Habt ihr nicht gehört, seid ihr taub auf beiden Ohren?« Jetzt wird die Grundsatzyildiz aber nun wirklich laut. Sie habe gefragt, wer wann Akteneinsicht erhalten hat, »das wird man doch noch fragen dürfen, also welche Akteneinsicht hat die Nebenklage bekommen? Und warum muss ausgerechnet ich das hier alles fragen?« Ja, wir sind wohl taub, unsere Aufmerksamkeit ist nach vorne gerichtet. Wir sind ja direkt von den Hauptfiguren bei der berühmten Sackgassenarbeit der Polizei gelandet, und die dichtet alle Ohren ab. Ja, die berühmte Sackgassenarbeit, die notwendigerweise zum Gericht gehört, die blinden Spuren, die Aussagen, die nichts bringen, die dann schnell wieder verabschiedet werden, zumindest auf der Verhandlungsebene. Oben auf der Empore bleiben diese Spuren noch eine ganze Weile unterwegs, da verabschieden sie sich nicht so leicht. So etwa die gewissen Einzelaussagen der Polizisten, in der Sackgasse zum Polizistinnenmord, in der Sackgasse, die ins Internetcafé führt. Oder die zur Endhaltestelle, zum Wohnwagen, der ganz am Schluss dann doch einfach stehen bleibt, nachdem er gekippt vom Tatort abtransportiert worden und in einer einfachen Lagerhalle abgestellt sein wird. Es sind mehr Sackgassen für uns unterwegs als Verbindungsstraßen, und das bei zunehmendem Verkehr.

Sackgassen

»Hallo! Bin ich jetzt Teil eurer Gemeinschaft?« Hat die Grundsatzyildiz jetzt wirklich auf den Tisch gehauen oder kam der Knall von einer anderen Quelle? Etwa so, als hätte ihr noch niemand geantwortet. Dabei warten wir doch auf eine viel gründlichere Beobachterin, die als Zeugin auftreten wird. Gleich muss sie kommen. Eine von vier oder fünf Neonazis erschreckte Zeugin wird nämlich wirklich etwas in Dortmund gesehen haben und das auch erzählen wollen. »Ja, ja«, sagt jemand drei Reihen hinter uns, »wir sehen alle was.« »Nein, Ihr seht gar nichts!« Wir sehen nichts, aber es wird mittlerweile zu Grabungen gekommen sein. – Sie brauche keine Grabungen, fährt die Grundsatzyildiz aber unbeirrt weiter dazwischen, als wäre das ihr Beruf. Sie brauche keine Grabungen, um zu verstehen, dass die Stadt Dortmund ein Naziproblem hat. Es wird mittlerweile zu Grabungen gekommen sein, muss man dann ganz ruhig wiederholen, nicht solche Grabungen, wo man nur an der Oberfläche kratzt und sich gleich ein Rechtsradikaler zeigt, sondern Grabungen auf einem Nachbargrundstück, wo sich nichts zeigt. Nicht solche Grabungen, die eine ostdeutsche Personengruppe ausgraben, die plötzlich verschüttgegangen ist in den politischen Umbruchszeiten der letzten Jahre, sondern Grabungen ins Ungefähre am westlichen Dortmundnachbargrundstück. In dieser Stadt wird es nämlich nächtliche Grabungen gegeben haben, gleich gegenüber einer Szenekneipe, in der Nähe der Szenebushaltestelle, dort, wo alles aufhört. Ja, in der Szenehochburg Dortmund mit seinem SS-Siggi wird es zu rituellen Grabungen gekommen sein, und sie werden sich im Gericht hernach als Sackgassen herausstellen, Sackgassen in der Beweisaufnahme, gleich neben der Szenekneipe, dem »Farbkästchen« mit seinem angeblich rechtsradikalen Innenleben. Einspruch, wird es heißen, diese Grabungen haben nichts mit dem Tatzusammenhang zu tun, ja sie stellen selbst noch nicht einmal einen Tatzusammenhang her, wird die Verteidigung sagen, und das müsste man ja, taucht man im Gericht auf. Es wurde ein Spielplatz ausgegraben, sagen die Gräber. Sie haben Spielplätze gegraben, für Kinder, werden die als Zeugen bestellten Gräber hinzusetzen. Diese Grabungen liegen weit weg von dem hier zu Verhandelnden, weiß der O-Ton-Jurist, ob wir jetzt völlig den Verstand verloren hätten, das jetzt noch zu erwähnen? Wo wollt ihr denn hin? Ja, wo wollen wir hin?

Der O-Ton-Jurist bricht jetzt mit manchem Schweigen. Lange hat er sich so einiges von uns angehört, vielleicht zu lange, aber jetzt möchte er doch noch ein zweites Mal fragen, ob wir den Verstand verloren haben, das so groß zu machen. Vielleicht haben wir den Verstand verloren, das kommt vor, »eine blinde Spur, nichts weiter!«, wir werden ja auch nicht wissen, wie es ist, im Dachgeschoss des eigenen Hauses stehend, durch ein Fernglas Vorgänge zu beobachten, deren Bedrohlichkeit man lange nicht einordnen kann, und dann zum Telefonhörer zu greifen. Wir werden vielleicht nicht wissen, was passiert, wenn man als 50–60-jährige Frau nachts die Polizei anruft, weil man etwas beobachtet hat, weil man über einen geraumen Zeitraum hinweg Grabungen beobachtet hat, also wie da in Camouflage-Kleidung nachts und zu anderen unüblichen Zeiten gegraben wurde und immer wieder in einer Reihe aneinandergereiht sich aufgestellt wurde in militärischer Formation, als stände man vor einem Grab. Die von diesen Vorgängen besonders erschreckte Zeugin wird sagen, sie habe das Gefühl gehabt, sie wolle das nicht mehr sehen. Sie habe sich aber schwer abwenden können und sei immer weiter dagestanden und habe zugesehen. Sie habe mit niemanden über ihre Beobachtungen sprechen wollen, denn sonst wären sie ja verwässert worden, sie habe ihre Beobachtungen nicht zu Partysmalltalk machen wollen, wird sie sagen, nicht in Gerede verwandeln wollen, sondern als »ernstes Wissen« behandeln wollen, und dieses Wissen wird gewachsen sein. Über Jahre hinweg. Es ist dies ernste Wissen, das uns jetzt überwuchert, und das vielleicht einmal gebraucht werden wird, jetzt aber nicht, bestimmt der Richter.

Wir warten aber darauf, dass es gebraucht wird, denn das ernste Wissen wächst weiter. Sie wird also vergeblich auf den Polizistenmord in der Wohnadressennähe hinweisen, auf die Gaststätte mit ihren Sieg-Heil-Rufen. Auch die Nebenklage wird mehrfach vergeblich auf die gewaltbereite Dortmunder Szene hingewiesen haben. Auch die als Zeugen herbeigerufenen Gräber werden unfreiwillig auf die gewaltbereite Dortmunder Naziszene hingewiesen haben, denn die gewaltbereite Dortmunder Szene wird das Gericht nicht besonders interessieren. Sie wird nicht prozessrelevant sein, wird es heißen, es seien keine Anknüpfungstatsachen gegeben – »klar – check!« Neben uns finden einige jede Menge Anknüpfungstatsachen, denn es wird in dieser gewaltbereiten Dortmunder Szene einen passenden Mord gegeben haben und noch einen passenden Mord, vielleicht bald einen dritten. Ein Polizist wird in der Nähe umgekommen sein. Der Brackeler Hellweg wird ein Brackeler Dunkelweg werden oder ein Brackeler Höllenweg, wie man es nimmt. »Was hast du immer mit Brackel, es ist Dorstfeld!« (Die Omagegenrechts) Es ist jedenfalls ein Riesenweg, der über alles gelegt werden kann, quer durch Deutschland, der breiteste Weg des Landes, der aus dem Westen kommt und nicht aus dem Osten, wie allgemein angenommen. Denn, ja, manche Straßen kommen hierzulande mal zur Abwechslung aus dem Westen wie so manche Starthilfe auch. Die Straßen sind ja verbunden, wird es dann wieder heißen, also alle Straßen des Landes. Es gibt nicht mehrere Straßennetze in diesem Land, und so ist auch die Holländische Straße in Kassel, die noch nicht Halit-Yozgat-Straße heißen wird, verbunden. Und diese verbundenen Straßen treten immer wieder gemeinsam auf. Die nachbarschaftlichen Gräber hingegen haben damit nichts zu tun, sie zeigen ihre tatsächliche Nähe zur Neonaziszene unbekümmert und werden mit ihren Kindern, die Odin und Thor heißen, verabschiedet aus dem Gericht. Zurückbleiben wird die Beobachtungszeugin, nur wo?

Sie wird angeboten haben, sich in einem Dreisatz auszurechnen, wie weit sie von der nächtlichen Grabszene entfernt gewesen sei, und sie wird immer auf dasselbe Ergebnis gekommen sein: Viel zu nahe und auch viel zu weit weg. Es wird eine schaurige Nähe sein. Nicht nur zu dem Nazilokal gegenüber und zu der Nazihaltestelle, nicht nur zu dem ganzen Umfeld, sondern zu was noch? Sie wird daraufhin mehrfach einen Telefonhörer in die Hand genommen haben, um die Polizei anzurufen, wird ihn aber dann weggelegt haben, weil man ja weiß, was die Polizei denkt, wenn eine 50–60-jährige Frau bei ihnen anruft und von Grabungen am Nachbargrundstück berichtet. Sie wird das also sein lassen, und die Polizei wird nichts ausrichten können, sie wird dann nur sagen, da wohnen doch Türken.

Eine Verteidigerin wird sie hingegen als politische Partei bezeichnen und deswegen als unglaubwürdig bezeichnen – wäre sie Türkin, würde die sie wohl als Rassepartei bezeichnen und deswegen unglaubwürdig, kommentiert die Grundsatzyildiz hämisch, die immer noch nicht weiß, ob sie Teil unserer Community ist. Vielleicht will sie es auch nicht mehr. Im Gericht gibt es keine so definierte Partei, antworten wir. Das Gericht ist unparteiisch, wollen wir hinzufügen. So kann man das auch nicht sagen, kommentiert der O-Ton-Jurist, dem die Ungeduld ins Gesicht geschrieben steht. So lange wartet er schon auf seinen Einsatz, wir lassen ihn aber nicht. Denn wir wissen nur zu genau, dass die Zeugin sich das Gericht vorgestellt haben wird, sie wird eine ziemlich detaillierte Vorstellung mitgebracht haben, die sich mit der des O-Ton-Juristen nicht decken wird und auch nur teilweise unserer Vorstellung entsprechen. Sie wird vermutlich den Weg aus dem Gericht herausgefunden haben, nach einer Weile, nach Tagen, in denen sie sich immer wieder fragt, was das denn gewesen ist, diese ihre Aussage. Vielleicht wird es auch schneller gehen. Sie wird ihre Vorstellungen vom Gericht revidieren, das wissen wir, denn niemals wird ein Auftritt als Zeuge den Zeugen unverändert lassen in seiner Vorstellung vom Gericht. Immer wird er oder sie überrascht sein, vor allem, wenn er oder sie gerne etwas berichten möchte. Immer wird eine Zeugin nachher anders vom Gericht reden als vorher.

Es wird ja insgesamt zu einer Häufung von Anzeigen gekommen sein, von Menschen, die diese Mörder gesehen haben. Das ganze Land hat plötzlich Spuren. Besonders in Heilbronn wird es zu einer Häufung gekommen sein, dort, wo der Polizistinnenmord stattfand. Dort werden zig Zeugen blutverschmierte Männer gesehen haben, so viele Zeugen hatten wir noch nie, kommentiert der Gerichtsopa, der da irgendwie einen Überblick hat und ihn noch nicht verloren. Jetzt haben alle etwas beobachtet. Ob am Neckarufer beim Wasserwirtschaftsamt oder bei der Autobahnauffahrt. Man will zwei, drei oder vier Fahrradfahrer gesehen haben und kurz darauf einen Geschossknall gehört, in Hecken steckende Männer mit Flecken an der Hose oder blutigen Taschentüchern. Eine ganze Stadt voll blutverschmierter Leute, wird es heißen. Am Flussufer seien sie gewesen, und auf die Parkwiese werden sie noch kommen. »Stopp! Wir sind noch nicht da!« – »Doch, pssst!« Aber nach dieser Geschichte ist die Nähe zu Mördern auch zu erwarten. Vielleicht werden überall Menschen in dieses Gericht strömen, die bezeugen wollen, sie hätten sie gesehen. Ganz Deutschland will mittlerweile das Trio getroffen haben, das wird sich rückwirkend einstellen, und es wird merkwürdig sein, denn vorher hat ja niemand etwas davon wahrgenommen. Je länger der Prozess läuft, desto mehr Zeugen finden sich, die etwas gesehen haben wollen. Das kennt man ja von der tagtäglichen Polizeiarbeit, bei der genauso tagtäglich Anrufe reinkommen, die von Begegnungen aller Art erzählen. Das gehöre dazu, wird man uns erklären, diese Bilder tauchen einfach so auf. Woher sie auftauchen, kann uns niemand sagen. So als hätten wir ein Reservoir dafür extra eingerichtet. Aber es wird trotzdem im

Nachhinein nicht erklären können, was es mit dieser besonders erschreckten Zeugin auf sich hat, die von vier Neonazis erschreckte Zeugin, man wird sie vielleicht zu schnell aus dem Saal hinausgewunken haben, und uns wird nicht mehr bekannt sein, wer sie hineingerufen hat. Man wird es im Nachhinein sofort gewusst haben, das wird dem Prozess nicht helfen, also das wird dem Beweisverfahren nicht helfen, aber vielleicht wird es uns, also uns da oben, vielleicht werden uns die Sackgassen schon etwas helfen.

»Aber bin ich jetzt noch Teil eurer Gruppe«, versucht es die Grundsatzyildiz noch ein letztes Mal leise flüsternd, die Gemeinschaft zu einer Gruppe degradierend und doch wissend, dass auch darauf niemand hier reagieren wird. »Weil, ihr stürzt euch auf so eine Geschichte, als hättet ihr nicht verstanden.« Wir haben auch nichts verstanden, denn man drängt uns, nicht vorzuverurteilen, damit sind wir schon mal sehr beschäftigt. Das macht hier ganz schön viel Arbeit. So viel Arbeit, dass man zu gar nichts anderem mehr kommt. Wir sehen nicht mehr, was die Grundsatzyildiz macht, ob sie bleibt oder geht oder zu aggressiveren Mitteln greift. Eine Enttäuschung stand ihr ja eben noch ins Gesicht geschrieben. Werden wir mit dieser Enttäuschung etwas machen oder weiter über das Rechthabenwollen sinnieren, wie das der O-Ton-Jurist als unsere Aufgabe definiert. Es aufzugeben, dazu gehört die Parteilosigkeit, dazu gehört die Symmetrie im Saal, wie der O-Ton-Jurist nahelegt. Wir haben nichts verstanden. Und zudem haben wir etwas den Überblick verloren, was jetzt kommt, vielleicht kann uns jemand auf die Sprünge helfen?

»Auf die Gefahr hin, Sie zu erzürnen, Herr Richter – aber was machen Sie gerade prozessual?«, wird nämlich gleich von einem Verteidiger kommen, wenn alles sich wieder gesetzt haben wird, wenn alles wieder still geworden sein und die Befragung weitergehen wird. Und wir werden nicht wissen, wie wir das einordnen sollen. Wir ordnen überhaupt nur noch wenig ein und schon gar nicht bei. Denn jetzt folgt der Auftritt der Gespenster. Endgültige Gespenster, keine, die sich erst entscheiden müssen. Halsbandgespenster, dahergelaufene, zögerliche, Heilbronngespenster, Eisenachgespenster, Chemnitzvollgespenster. Szeneladengespenster. Das ostdeutsche Gespenst. Das Gespensterlose wird sich alleine bei den Opfern türkischer oder griechischer Herkunft vollzogen haben (#saytheirnames!), vielleicht ist die Keupstraße der einzige Gespensterbereich diesbezüglich geblieben, die vielen ungelösten Rätsel, die in der Keupstraße sitzen, geben uns jedenfalls zu denken. Rätsel, denen man mit Hellsehern, Meditation und sogar dem US-amerikanischen Geheimdienst beizukommen versuchen wird und die immer mitten in den Gesichtern stehenbleiben. Aber manchmal reicht die normale Polizeiarbeit oder die der Befragung im Gericht auch aus, um zu der letzten Frage zu kommen: Wem erscheinen welche Gespenster? Wem wird am Ende gesagt werden können: Ihr seid doch die wahren Gespenster! Denn wer hier ohne Gespenster lebt, ist selbst eines! Aber, drängelt plötzlich der O-Ton-Jurist, der wirklich nicht mehr zu halten ist: »Kommt jetzt endlich jemand mal zu einer Entscheidung?«

Vom Ende der Beweisaufnahme

Es gibt ja Menschen hier, die sehen alles vom Ende her, so sind wir nicht. Wir wissen nie, wie es ausgeht, im Gegensatz zu manchen anderen. Das wäre auch schade. Dann gäbe es keine Überraschungen mehr. Und bei einem Prozess ginge das ja gar nicht. Man stelle sich vor, es wäre vorher bekannt. Dann braucht man so ein Hauptverfahren nicht mehr. Das kommt oft genug vor. Die Bundesanwaltschaft plädiert dann genau so, wie sie die Anklage erhoben hat. Hier könnte es nicht ganz so sein. Immerhin, der eine Angeklagte, bei dem werden sie sich reinhängen. Der mit den Tattoos und dem Altar, den er in seiner Wohnung aufgebaut hat für die verstorbenen Mörder, mit brennender Kerze und pipapo. Der »Die Jew Die« mit seinem Körper sagen möchte, aber ihn aus juristischen Gründen bedeckt hält. Wenn man nichts Belastbares findet, wäre es Gesinnungsjustiz, so jemanden zu verurteilen. Mal sehen, wie es kommt. Wir wollen es ja richtig machen. Wir wissen nur nicht, ob wir das schaffen. Oft genug kommt das, was reinkommt, am Ende wieder raus. Das ahnt die Omagegenrechts mittlerweile, die gerade wieder zurück ist. Wo war sie denn hin? Sie setzt sich jetzt wieder etwas umständlich und schweigt. »Endlich schweigen«, sagt sie kurz darauf. Sie sei gekommen zur Weiterverfolgung, aber lange werde sie nicht bleiben. Ihr Knie sei kaputt, da kann man nicht lange so sitzen. »Wir haben dich vermisst«, kommt vom Bloggerklaus. Nein, sie wird es tatsächlich nicht mehr lange aushalten. Zudem: Ihre Sitznachbarn seien ausgewachsen, informiert sie uns, die stehen jetzt fest. Und wir wissen noch nicht, was sie damit meint.

Ja, aber wo waren wir stehengeblieben? »Die Bombenserie?«, wir haben fast keine Restzeit mehr, wir haben nur 418 Tage zur Verfügung und jetzt kommen doch bald schon die Plädoyers und danach das Urteil, also aufgepasst! Konzentrieren wir uns auf die Zimmermannsnägel, die im Raum stehen, d. h., wir haben sie noch vor uns, die in der Keupstraße, in dem Frisiersalon, wo eben keine Zimmermannsnägel hingehören. Um die Zimmermannsnägel ist kein Rumkommen – aber nein, falsch, wir landen heute wieder beim Szenezeugen, der immer schon gewusst habe, wann die Polizei zur Razzia bei ihm aufschlagen würde. Er sei vom Geheimdienst vorgewarnt worden, sagt er erneut, denn Quellenschutz gilt bei denen mehr als alles andere. Er sei das reinste Bezahlfernsehen gewesen, aber in seinem Programm habe er immer nur die Kindernummer gezeigt, ein Kasperltheater. Ein Bezahlfernsehen sei diese rechte Szene für den Verfassungsschutz gewesen, und die Programme, die man geboten habe, seien eher Kulturprogramme gewesen, von

Demonstrationen und Rechtsrockfestivals über Postillen und Flugblätter bis zu den Busfahrten zu Demos, die reinsten Kulturevents. Das ganze Bezahlfernsehen driftet aber ins Ungefähre ab. Wenn es so weitergeht, wird dies Nichtwissen bald einen höheren Anteil annehmen als das Wissen, und wir werden nie an dem Ort an der Nürnberger Ausfallsstraße ankommen, vor dem Wagen mit den Blumen und dem türkischen Aushilfsblumenhändler. Oder in Heilbronn bei der Theresienwiese, der Festwiese am Neckar, diesem Parkplatz, auf dem einmal eine Mittagspause stattfand. Und zwar die erste Mittagspause des überlebenden Kollegen, denn er sei ja neu im Dienst gewesen. Nie wird die Rede davon sein, wie man in den Tag hineingekommen ist, immer wird die Rede davon sein, wie man nie mehr aus ihm herausgekommen ist. Immer werden Waffen aufgezählt werden, die Marke Heckler & Koch mit der Griffgröße M, nicht zu vergessen die Brenneke-Munition …

»Hört auf!«

Ich bitte dich, wer ist heute schon in der Lage, von der Brenneke-Munition zu sprechen? Vor allem wenn sie aus einer Winchester Defender oder einer Maverick verschossen werden konnte. Von einer Radon, die keine Nummer hat, sondern nur einen Wehrmachtsstempel, der sie als vor 1945 in Polen produziert ausweist. Ja, die deutsche Wehrmacht wird zum Vorschein kommen, unser feines Vorratsgespenst! Hier ist es, und schon ist es wieder weg. Wie gut, dass wir die Amokbox haben. Denn an dem Ort mit der toten Polizistin wird es eine

Amokbox gegeben haben, eine Amokbox mit Maschinenpistole im Kofferraum wie in jedem vernünftigen Polizeiauto. Wird sie noch da gewesen oder weg gewesen sein nach der Tat? Asservate werden sich jede Menge einstellen in Heilbronn. Ein Feuerzeug mit DNA-fähigem Material darauf, blutverschmierte Taschentücher im ganzen Park um den Tatort herum, eine Flasche Moskovskaya, die zu jedem guten Krimi gehört.

»Das ist kein Krimi.«

Das wird auch nie ein Krimi gewesen sein. Denn Krimis haben einen Ausgang, dies hier hat keinen Ausgang, »das weißt du genau«. Es hat nur einen Eingang mit Polizisten zur besten Sendezeit und keinen Ausgang mit Polizisten zur schlechtesten Sendezeit, die den Witwen der Opfer Bildchen mit fingierten Liebschaften der Ermordeten hinhalten und Hellseher zur Bestätigung ihrer Vorurteile buchten. So was erlaubt die ARD schon lange nicht mehr.

Kein Plan, sagt man plötzlich, wir hätten keinen Plan, »ihr beiden, ihr habt überhaupt keine Ahnung, wie es weitergeht«, als wären wir nur zu zweit und säßen ahnungslos da. Kein Plan, wiederholt der Gerichtsopa, das ist richtig. »Sie haben keine Ahnung. Sie wissen nicht einmal, dass das alles nicht mehr zur Česká-Serie gehört.« Wir geben es zu: Kein Plan, also so was von keinem wirklichen Plan, was jetzt kommt, aber wir sind nicht zu zweit, darauf bestehen wir aber dann doch. So was kommt ja nicht unschuldig daher, da möchten wir schon bitten.

Die neue Frau von der türkischen Botschaft – es gibt jetzt immer eine neue – hilft uns aus dem Moment der Stille weiter: »Jetzt gibt es den wiederholten Zeugen.« Einen von denen, die sie immer wieder vorladen werden. Jemand, der erkennbar diebischen Spaß daran haben wird, das Gericht vorzuführen. Der Zeuge wird das Gericht ins Bockshorn jagen wollen. Der Zeuge wird dem Gericht keine Auskunft über Beruf und Adresse geben wollen. Der Zeuge wird natürlich Pharmareferent sein. Er wird seine eigene Zeugenaussage nicht unterschrieben haben wollen, sondern nur nach Rechtschreibfehlern durchgesehen haben. Immer wieder wird der Zeuge keine Antwort geben oder etwas antworten, nach dem nicht gefragt wurde. Der Zeuge wird sich in seiner Erzählung verirren. Der Zeuge wird natürlich Musiklabelbetreiber sein oder Veranstalter. Der Zeuge wird der Nebenklage ins Gesicht sehen wollen, und sei es, man müsse das Gericht für ihn umbauen. Die nach hinten sich drängende Nebenklage hätte sicher auch gerne ein umgebautes Gericht, sie befinden sich ja in der ungünstigsten Position überhaupt und können nie direkt ins Gespräch gehen. Aber wenn es so aus diesem Mund kommt, dann klingt es unverschämt. Der Zeuge will Namen und Adressen der Nebenklagevertretung hören. Der Zeuge wird die untergetauchten Terroristen als Flüchtlinge beschreiben, denen man doch helfen muss. Wir können uns nicht ausmalen, was der Zeuge noch alles machen wird. Vielleicht wird auch er einen Apfel verzehren als Brotzeit im Gericht. Oder das Gericht als Faschingsveranstaltung beschreiben. Oder er wird plötzlich doch keine Aussagegenehmigung haben. Seine Befugnisse enden hier. Er wird einen Zeugenbeistand einfordern – »Das ist sein gutes Recht«. Der Zeuge juxt. Der Zeuge wird Spaß daran haben, den Senat vorzuführen. Der Zeuge eiert. Es wird ein Hin und Her entstehen über dessen Verhalten. Ob es eine Missachtung des Gerichts darstellt, ob die Fragen zu beanstanden sind: zu suggestiv, zu sachfremd, die Rechte des Zeugen verletzend. Antifajargon.

Stopp!

Bitte?

Das Timing stimmt hinten und vorne nicht mehr. Wir haben den Faden verloren, aber das ist nicht so schlimm, denn das Timing wird bei dem V-Mann-Führer aus Kassel auch nicht stimmen. Der kommt ja auch immer wieder. Sechs Mal wird er vorgeladen werden, denn er wird ja beim Tatort zur Tatzeit gewesen sein und wird nichts mitbekommen haben.

Sagtet ihr schon.

Er wird nicht gehört oder gesehen haben, wie jemand ins Internetcafé gekommen ist und den Sohn des Betreibers erschossen hat, obwohl er zum selben Zeitpunkt nach vorne kam, um zu zahlen.

Sagtet ihr schon.

Nein, er wird erst im Hinterzimmer gesessen haben, und dann auf dem Weg nach draußen gewesen sein, als es passiert sein muss. Denn dass es passiert ist, daran kann kein Zweifel bestehen. Er war schon draußen. Um das zu beweisen, fehlen ihm immer die entscheidenden Sekunden, die er gebraucht hätte, um entweder wirklich nichts wahrgenommen zu haben oder nicht selbst verwickelt gewesen zu sein, in seiner Bewegung durch den Tatort während der Tatzeit. Vielleicht bewegt er sich da noch immer? »Guck doch!«, sagen wir zum Bloggerklaus, »dem fehlen immer die entscheidenden Sekunden!« Der Bloggerklaus sieht uns an, als verstünde er nicht recht. Dem macht es nichts aus, dass wir immer wieder diesen einen Fall durchgegangen sind, obwohl da nicht viel neue Information kommen kann. Auch der Zeuge wird immer wieder mit durchgegangen sein, mitten durch die Tat gegangen und wird nichts gesehen haben, immer geht er erneut durch die Tat und sieht nichts. Man wird auch gegen ihn wegen Mordes bereits ermittelt haben, aber man wird ihm auch hier letztendlich glauben.

Dieser Aspekt der Kasseler Geschichte wird also wirklich sechs Mal durch das Gericht gehen, »lieber O-Ton-Jurist, das kannst du auch nicht verhindern.« – »Das will ich doch gar nicht verhindern!« – denn ein Internetcafé ist eine perfide Sache als Tatort. Es lässt sich nämlich genau rekonstruieren, wann jemand sich wo aufgehalten hat, die Computerzeit verrät die Zeit am Platz, man wird ja eingeloggt gewesen sein und ausgeloggt, und wenn man sich ausloggt, dann geht man. Und jetzt fehlen ihm die Sekunden jenseits der Computerzeit. Sechs Mal wird der V-Mann-Führer vom Gericht vorgeladen werden, und diese Vorladungen werden ganz schön durch die Medien gehen, bis nach London, wo ein britisches Forensikteam sich damit beschäftigen wird. Es wird aber nicht zugelassen werden im Gericht, weil der falsche Nebenklageanwalt dies beantragt haben wird. Und am Ende wird der Richter dem V-Mann-Führer geglaubt haben. Er wird der Schlüsselfall bleiben, bei dem alles hängenbleibt.

»Es fehlen diese Sekunden«, wiederholen wir dem O-Ton-Juristen gegenüber, der ungeduldig wartet. Er sieht uns nicht an, seine Finger spielen mit dem Papier, das er mitgebracht hat. Er ist ganz bei seinem Papier, wir bei den Sekunden. Was ist das für ein Papier? Was sind das für Sekunden? Sie tauchen immer noch nicht auf. Die Sekunden sind verschwunden. »Wenn sie auftauchen würden, würden sie ihm etwas Glaubwürdigkeit verleihen«, fahren wir fort, und so wird die Glaubwürdigkeit ganz fehlen. Dieses Fehlen wird den Zeugen verfolgen, es wird nicht stehenbleiben, sondern mit ihm immer mitgehen, ihm, der beinahe ein Angeklagter sein wird, aber beinahe gibt es in diesem wie auch anderen Gerichten nicht. Verfahren eingestellt, wird man sagen. Und die absolute Glaubwürdigkeit kann nur zur Not per richterlichen Beschluss hergestellt werden. Bis hier nach oben zu uns wird sie sich jedenfalls nicht ausbreiten, auch unter der Nebenklage: Kein Ausbreiten! Bis es so weit ist, müssen wir von konkreten und unkonkreten Geräuschen hören, vom Möbelrücken, das von unerwarteter Seite auf uns zukommen wird, von Leitzordnern, die zu Boden knallen, »ein Geräusch wie herunterfallende Leitzordner« wurde von einem anderen

Tatortzeugen gesagt, da fielen die Leitzordner, und wir hören die Leitzordner weiter fallen. Die Kasseler Tatzeit beinhaltet jetzt dieses Leitzordnergeräusch, das in Wirklichkeit etwas ganz anderes war, man wird fälschlicherweise angenommen haben, es sei ein Ordner gewesen, der heruntergefallen ist und kein Schuss aus einer Waffe. Denn bald wird der verdächtige Zeuge von einem ehemals jugendlichen Zeugen abgelöst, der das angenommen habe. Auch er sei Kunde gewesen in jenem Internetcafé, habe dagesessen und habe nichts diesbezüglich unternommen, weil er gedacht habe, es sei ein Leitzordner gewesen, weil man ja nicht darauf kommen kann, das sei ein Mensch und noch dazu ein Freund. Er sei sehr jung gewesen, damals, wird er sagen, und er habe danach in die Jugendpsychiatrie gemusst. Das stumpfe Geräusch habe ihn nämlich nicht veranlasst aufzuspringen, wie es uns vermutlich auch nicht veranlassen würde aufzuspringen und auch uns veranlassen würde, an Leitzordner zu denken, weil Leitzordner etwas Alltägliches sind und fallende Körper eher nicht, er wird auch jetzt sagen, es habe nicht nach einem Menschen geklungen, er wird jetzt noch nicht an einen Menschen glauben wollen, wir alle werden noch nicht an einen Menschen glauben wollen, wir werden mit ihm am Leitzordnergedanken festhalten, bis er einen Moment später doch über das Opfer sprechen wird, das er sehr gut gekannt und gemocht habe. Der ehemals Jugendliche wird seinen anfänglichen Behandlungsbedarf wegen des Traumas erwähnen, denn man wird ihn damals in die Kinderpsychiatrie gebracht haben, dort, so fügt er hinzu, habe aber niemand etwas mit ihm gemacht.

Ja.

»Wir hängen aber auch fest.« Sagt wer? Der Bloggerklaus, der nun endlich seine Geschichte erzählen möchte und wegkommen von diesem Tatort? Wir wollen ja alle weg von diesem Tatort, aber so einfach ist das nicht. Oder sagt das der O-Ton-Jurist, der uns seit einiger Zeit auf die richterliche Entscheidung hinweisen möchte. Die Grundsatzyildiz, die eigentlich nicht mehr da ist? »Wie finden wir da wieder raus?« Nein, aus diesem Tatort findet das Gericht nicht raus. Aber wir haben noch Hunderte von Gerichtstagen vor uns. Wir sind noch nicht einmal im Herbst des Prozesses angekommen, wo die Beweisaufnahme abgeschlossen ist und nur noch Forensiker zu Wort kommen, Gerichtspsychiater. Wir haben noch Hunderte von Gerichtstagen vor uns, und es hilft einfach nicht, jetzt schon mit dem Zählen zu beginnen. Es hilft nicht, den Abzählreim zu starten, wenn das Ende noch so lange aussteht, da könnt ihr noch so unruhig mit euren Füßen hin und her scharren, ihr könnt mit den Beinen wippen und eure Finger ineinanderschieben und verdrehen.

Außerdem wollen wir an dieser Stelle zu Protokoll geben, wir sind es nicht, die sagen werden, jetzt muss Schluss sein, jetzt muss die Sache ein Ende haben. Wir sind es nicht, die von Schlussstrich faseln, von der vernünftigen Rahmung des Ganzen.

Aber … (Flüstern)

Wer von uns malt jetzt noch ein Bild von der traurigen Verteidigerin? Wer malt das Bild der in der ersten Reihe sitzenden Verteidigerin der Hauptangeklagten, der sogenannten Altverteidigerin, deren Stimme zusehends nöliger werden wird, obzwar die Formulierungen und Anträge in formvollendeter Weise abgegeben werden. Niemand! Niemand tut das. Wer wird ihr noch einen Namen geben? Niemand. Wer von uns wird gesagt haben, »Heer, Stahl und Sturm« wären witzige Verteidigernamen für solche, aber die stehen uns nicht mehr zur Verfügung, die wurden schon woanders verbraucht. Nein? Für diese Gerichtszukunft müsste es schon etwas Ernsthafteres sein. So was fällt nur jemandem ein, der ablenken will. Nur jemandem, der einen schlechten Witz machen möchte. Wir sicher nicht. Wir machen hier keine schlechten Witze. Wer (die Omagegenrechts?) malt das Bild der Altverteidigerin mit ihren traurigen Altverteidigerkollegen, die hier nichts mehr ändern können, aber als Beisitzer dabeibleiben müssen, obwohl sie ihre Mandantin nicht mehr will und Dinge macht, die nicht mehr ihrer Altstrategie entsprechen. Ihre Mandantin ist abgerückt, heißt es, und das wird man auch sehen. Die fühlt sich einfach nicht mehr gut verteidigt von ihren Altverteidigern, das von ihnen verordnete Schweigen mache sie krank. Die Altverteidiger, die Teil einer Scharade werden, von der Frau mit den Katzenkörben aufgelegt, unserer lieben Hauptangeklagten, in allen Medien Top eins der gerichtlichen Aufmerksamkeit, werden eines der Minidramen inmitten des großen

Dramas werden. Es sind Privattragödien, die sich ereignen werden, hier wie anderswo in diesem Gerichtssaal, besonders deutliche Privattragödien, während andere nicht so deutlich sind. Das wird bleiben, das wird auch in diesem Gericht nicht anders sein können. Und die Geschichte der traurigen Altverteidigerin wird etwas deutlicher im Vordergrund stehen.

Sie wird mit ihren Kollegen in speziellen Hotels wohnen und dort auf die anderen Kollegen treffen, also mit den sogenannt nationalen Verteidigern ins Gespräch kommen, und eine falsche Intimität wird in das Gericht Einzug halten. Die Leute werden also doch miteinander reden, das sehen wir jetzt klarer, in ihren speziellen Hotels und Hotelumgebungen, die sie manchmal mitnehmen können, wohin es ihnen passt. Wenn man fünf Jahre miteinander eingesperrt ist, fällt eben hin und wieder doch ein privates Wort. Das ist unvermeidlich. Was sie genau reden, das sehen wir von hier aus nicht. Wir glauben nicht, dass es rechtsstaatliche Verteidiger zu rechtsextremen Verteidigern macht, wenn sie zu viel mit ihren rechtsextremen Kollegen sprechen, aber wir wissen letztendlich nicht, was da mit denen geschieht.

»Habt mal Mitleid mit der«, wirft der Gerichtsopa ein, doch wir hören nicht. Wir beobachten die besuchbare Hauptangeklagte, der die Altverteidigung zunächst aufgetragen haben wird zu schweigen, wie sie ihr Schweigen gegen die anwaltliche Empfehlung offiziell brechen und in ein adaptiertes Teilschweigen überführen wird, das viele als fürchterlich bezeichnen werden. Sie wird nur in die Schuldabwehr hineingehen, ein betrunkenes Hausmütterchen spielend. Wir sehen nur, wie sie mit der Altverteidigerin öffentlich streiten wird und bereits neue Verteidiger geordert hat. So was kann die. So was kann die wirklich und wird sie weiter können. Jetzt wird die traurige Altverteidigerin immer noch im Prozess sitzen müssen und diesen Prozess aussitzen mit ihren Altverteidigerkollegen. Raus kann sie nicht. Richterlicher Beschluss. Ihr Fehlen könnte das Verfahren zum Platzen bringen.

Alle hören zu. Und das Zuhören wird groß sein, größer als das Schweigen der Hauptangeklagten, aber es wird nichts helfen. Noch mal: Wer malt noch ein Bild der traurigen Altverteidigung? Niemand findet sich hier? Nicht einmal der WDR? Kommt schon, das ist doch interessant, das kann man sich doch nicht entgehen lassen. Keine öffentlich-rechtliche Anstalt mehr bereit? Es werden dort schon lange keine Gerichtsbilder mehr gemalt, so viel steht fest. Das ist doch nicht zu glauben. Irgendwelche Vollacrylporträts aus dem Gerichtssaal, für die man stundenlang Modell gesessen haben wird, wurden gestoppt. Obwohl die Bewegung beinahe eingefroren sein wird. Obwohl sich ohnehin praktisch nichts mehr bewegt in diesen Räumen, mal ganz ehrlich, nicht einmal ein Stift fällt zu Boden, während außenrum alles eine Beschleunigung angenommen hat.

»Habt mal Mitleid mit der«, wiederholt der Gerichtsopa, der jetzt wieder aufgetaucht ist. Doch die anderen sagen, nein, nein, jetzt kein Mitleid. Es ist zu spät. Wir wollen weiter, wir sind langsam müde, wo bleiben die

Plädoyers? Auch wir haben Schwierigkeiten mit dem Mitleid. Das Bild wird nämlich jetzt doch gemalt in Farben, die uns zu bekannt sind, die wir sozusagen in- und auswendig kennen. Farben, auf denen man nur ausrutschen kann. Dass man hier an Ort und Stelle abgesägt wird von der eigenen Mandantin, dass man ja nur auf der Seite des Rechtsstaates steht und dort immer schön stehengeblieben ist, wenn man den Job angenommen hat. Sie wird die Kanzlei gewechselt haben müssen, weil sie so eine verteidigt, »ist das nicht schlimm?« (Der Gerichtsopa) Sie wird Schaden nehmen auf dem gerichtlichen Abstellgleis, denn sie kann ja gar nichts mehr zeigen, sie und ihre Altverteidigerkollegen. Es ist vielleicht ein persönliches Drama, es wird sich nur nicht in die anderen Dramen einfügen, die vor Ort besprochen werden. Oder sollen wir jetzt und hier wirklich beklagen, dass sie eine Kanzleistelle verloren hat, weil sie dieses Mandat auf sich genommen hat? Oder sehen wir vielmehr eine Nähe zu Neonazis, weil wir nicht verstehen wollen, dass eine Anwältin mit ihrer Mandantschaft nicht unbedingt etwas zu tun hat, aber dass jeder in diesem Land ein Recht auf Verteidigung hat. Jeder muss vertreten sein, schon aus rechtsstaatlichen Prinzipien, für die wir doch alle sind, oder?, fragt die Frau aus unserem Ölgemälde, in deren Mitte sie bereits sitzt. Noch mittiger geht wirklich nicht, aber sie strengt sich an, denn sie besteht auf der Mitte, aus der sie kommt. Und so wird sie es wiederholen.

Wir alle haben doch mitbekommen, welches Drama

sie durchmacht. Wir alle sehen doch die Bitterkeit im Gesicht. Nein, nicht alle. Die Typen, die direkt vor uns sitzen, sicher nicht. Ja, aber warum wählt sie, die Frau aus unserem Ölgemälde, ausgerechnet diese Mandantschaft? – Falsche Frage! – »Jein! Man wählt sich ja doch seine Klientel, oder?« (Der O-Ton-Kollege) Wird man sie das bereits gefragt haben? Ja, viele Male. Wird sie darauf geantwortet haben? Ja, viele Male, und exakt immer dasselbe. Das Mitleid mit ihr wird etwas überstrapaziert.

»Habt mal Mitleid mit der«, stimmt auch die Omagegenrechts ein, wenn auch mit bezeichnender Verspätung, »das ist doch fürchterlich«. (Das war jetzt lahm.) – »Wie fürchterlich ist es denn?«, fragt der Bloggerklaus plötzlich unerwartet aggressiv. Ja, wie furchtbar ist es denn im Vergleich, stimmt auch die Grundsatzyildiz ein. Wir werden die Furchtbarkeiten miteinander vergleichen, wir werden sie abwägen, und es wird sich eine Generationenkluft herausstellen, denn die Omagegenrechts und der Gerichtsopa werden gar nicht daran gedacht haben, dass man Furchtbarkeiten miteinander vergleichen muss, sondern werden es von der menschlichen Seite her sehen. Das ist er eben, der Generationenkonflikt, die menschliche Seite fällt dabei immer hinten runter. Nein, die Omagegenrechts wird sich wehren und sich wieder erinnern. Wir brauchten nicht jede Verhärtung mitmachen, nur, weil da unten ein Porträt einer Verhärtung gezeichnet wird, wird sie sagen. Wir brauchten nicht jede Abschließung mitmachen, weil sie da unten geschieht. Die Fragen, die noch im Raum stehen, werden nach und nach aushärten und eine andere Farbigkeit annehmen. Kein Bleistift wird mehr zu Boden fallen. Kein Huster zu hören sein, weil man jetzt nur noch gezielt ausatmet.

»Die kann einem doch leidtun!«, nuschelt die Omagegenrechts ein letztes Mal. Doch das Wissen, was fürchterlich ist und was nicht, wird uns verloren gegangen sein. Ach, die bekommt schon ihr Geld vom Gericht, flicht jetzt der O-Ton-Jurist ein, sie ist ja hier keine Entlassene, auch wenn sie das bald schon sein wollen wird. Außenrum mag sie eine Entlassene sein, hier drinnen aber nicht. »Warum sprechen wir andauernd von der Frau!«, stolpert es aus dem Bloggerklaus heraus. Als hätte er jemanden erwischt, den er schon lange im Verdacht hat. »Immer diese Frau!« Sie hat vieles durchlitten, und jetzt dieser Prozess!

Das Gericht wird zu einer falschen Intimität kommen, das sagen nicht nur wir, sondern sämtliche Beobachter, mit denen es uns gelingt, ins Gespräch zu kommen. Die Leute sitzen sich ja jetzt schon beinahe gegenseitig auf dem Schoß, im übertragenen Sinn. Die Protokollführerin schäkert mit der Hauptangeklagten, eine Nebenklagevertreterin befreundet sich mit den Verteidigern, von Eheschließungen ganz zu schweigen. Ja, sie heiraten, nachdem sie sich hier kennengelernt haben, und auch Kinder werden geboren, erfährt der Bloggerklaus, die Scheidungen würden eher weniger erzählt, aber macht ja nichts. Jemand wird sagen, jaja, fünf Jahre sind eine ganz schön lange Zeit, in der man festwachsen kann im Gericht. Sie haben alle vergessen, Abstand zu halten, ruft die Omagegenrechts rein, nein, sagt der O-Ton-Jurist, nicht alle. Aber uns werden nur die auffallen, denen der Abstand flöten gehen wird. Sie treffen sich auch in diesen Hotels, flicht die Omagegenrechts ein, – »ja, aber warum bucht man in denselben Hotels?«, wendet der O-Ton-Jurist ein, München hat doch eine ganze Menge an Hotels zu bieten! Aber die, immer nur in das eine Hotel hinein mit seinem halben Luxus. Später einmal wird nebenan ein richtiges Luxushotel gebaut werden, vermutet der Gerichtsopa, dort, wo der Bayrische Rundfunk die längste Zeit gestanden haben wird, aber jetzt verfügen wir über diesen Ersatz noch nicht. »Fünf Jahre sind eine ziemlich lange Zeit«, wiederholt der Bloggerklaus, etwas verlangsamt, da kann man ganz schön festwachsen an der Intimität der anderen.

Trauer

Der Zug der Trauernden wird indes ein wenig vorgerückt sein. Der Zug der Trauernden, den wir von hier drinnen aus nicht wahrnehmen können, denn er führt nicht durchs Gericht hindurch, wird es heißen, immer nur um das Gericht herum. Wir werden ihn nur annehmen können. Dass er weitergegangen sein wird, dass er

Schritt für Schritt weitergeht. Wer alles mit dabei sein wird, können wir nicht sagen. Wie sie aussehen, auch nicht. Er hat auch keine fixe Route durch die Stadt, obwohl man einen Trauerzug wie eine Demonstration polizeilich anmelden muss. Die Trauernden werden niemals Umwege machen, wird man dort versprechen müssen, aber das glauben wir nicht, das können wir uns nicht vorstellen. Trauernde machen immer Umwege. Die Trauer ist ein einziger Umweg. Man sagt, das Gericht habe für die Trauernden nur eine Vorder- und eine Rückseite, es wirke ganz zweidimensional für sie, wie ein Blatt Papier, aber das stimmt nicht, es ist durch und durch dreidimensional, mit ganzer Wucht, auch wenn es richtig ist, dass der Zug der Trauernden nicht durch es hindurchschreiten kann. Zum Durchschreiten braucht es etwas Stadt. Dazu braucht es etwas Gemeinde, und die macht halt vor diesem Gericht. So sitzen wir hier inmitten einer Stadt, das vergessen wir immer wieder. Wir hätten auch vergessen, wie es ist, zu trauern, wird uns nachgesagt, was da im Einzelnen passiert. Es gibt nichts Einzelnes in der Trauer, so viel verstehen wir, auch wenn man uns nachsagen möchte, dass wir krank sind und nicht kapieren, was passiert ist. Wir würden ja auch nur nach vorne sehen und niemals zurück. Das können wir bestätigen. Aber wenn man nur nach vorne sieht, heißt es weiter, übersieht man leicht den Trauerzug. Wie bekommt man sie ins Gericht hinein, die Trauer, beginnen wir uns zu fragen. Das Gericht ist kein Ort dafür, es gibt hier keine Gesten, die diesbezüglich zuzuordnen sind, und wenn sie doch kommen, werden sie vom Richter schnell unterbrochen, ja, abgebrochen.

Genauso schnell müssen wir uns jetzt korrigieren, denn wir stellen fest: Wir sind zwar mittlerweile schon einiges von Gerichten gewöhnt, aber diese Stimmung nicht, die auf uns zukommt. So schreien sich die Anwälte drinnen normalerweise an, und draußen plaudern sie dann freundlich auf dem Vorplatz miteinander, das machen sie jetzt nicht, niemand spricht noch miteinander, alle stehen sie schweigend im Außenbereich und verweigern das Gespräch. »Das stimmt doch nicht, also, das stimmt doch nicht«, korrigiert die Omagegenrechts, nicht alle redeten normalerweise immer miteinander. Genau! Nur hier haben sie verhältnismäßig anfangs miteinander geredet, und jetzt, in diesem Stadium, wird das ganz vorüber sein. Wie lange schon? Seit dieser Trauerzug ums Haus zieht oder schon vorher?

»Aber das wisst ihr doch«, sagen wir weiter zur Omagegenrechts, als hörten noch andere zu, es wird im ganzen Urteil keine einzige Stelle der Trauer geben und insofern auch kein Verständnis für das, was geschehen ist. Nein, das wisse sie nicht. Aber sie frage sich, wie man einen Richter daran erinnert, was eigentlich passiert ist? Wie erinnert man einen Senat an das Gewicht des Geschehens, wenn dieses Gewicht sich auf fünf Jahre oder länger verteilt? Nützt es sich ab? Verschwindet es? Wir haben keine Ahnung, und wir verlieren immer mehr den Überblick, je länger das Ganze dauern wird. Denn manchmal wird man dümmer, je länger etwas dauert und man zusieht. Am Anfang denkt man, man schafft sich jetzt Expertenwissen drauf, und am Ende weiß man weniger als zu Beginn.

So viel ist sicher. Die geschwärzten Stellen haben nichts mit dem Trauerzug zu tun, die Schwärze auf dem Papier kommt von woanders her als die Schwärze in den Gliedern. Die geschwärzten Stellen werden die ungeschwärzten ad absurdum führen, sie werden sie verdrängen, vom Blatt schieben, verrät jetzt der Bloggerklaus, den wir manchmal gerne etwas bremsen würden. Also wir würden seine Aussagen gerne etwas hinauszögern, seine Pausenaussagen. Auch ist uns aufgefallen, dass er immer so lacht, wenn er etwas sagt, als würde er sich selbst nicht ernst nehmen. »Der nimmt es sehr wohl ernst.« Da sieht man es wieder! Die Omagegenrechts hat ihre Aussetzer beim Reden, das wissen wir alle. Sie kann nicht immer in ganzen Sätzen sprechen. Dann sagt sie nur »Dorstfeld, nicht Brackel. Brackel wird nicht auffallen. Die Nordstadt, nicht Brackel, die Emscher Straße in Dorstfeld, die Thusnelda-Straße, nicht Brackel«, und niemand wird wissen, was gemeint ist. »Was ist los mit euch?« Ach, der Bloggerklaus, da ist er wieder. Er ist und bleibt einfach jemand, der sich immer auf den falschen Platz setzt, jeden Tag von neuem, um die Medienvertreter zu ärgern. Das halten wir fest. Doch. Ja.

Hört auf.

Nein.

Aber wird uns der Zug der Trauernden mitreißen? Nein. Er ist ja nur ein wenig vorgerückt. Drei Schritte weiter in Richtung Innenstadt geht es jetzt. Er kommt wirklich nur sehr langsam voran. Er nimmt so manchen mit hinein in seine Langsamkeit, d. h., packt sie da hinein, bis alles unbewegt wirkt. D. h., auf uns mag auch er manchmal unbewegt wirken, aber er bewegt sich wirklich. In ihm sind sie alle, sowohl Trauernde als auch Trauervertreter, Langstreckentrauernde, Gedeckelte und Zerstörte. Die Trauervertreter machen niemals Umwege, in ihnen steckt etwas. Was ist es nur? Wut?

Nein.

Fragen?

Erinnern wir uns lieber daran, worum es hier geht. Vielleicht sollte man dies wirklich langsam dem Richter verraten, weil er sonst die Emotionalität der Nebenkläger unerträglich finden wird. Das kann dann passieren. Dass es unerträglich wirkt, wenn sich der Vater eines Opfers auf den Boden wirft. Oder eine Mutter nicht genau einordnen kann, wie man mit einem Oberlandesgericht sprechen soll. In ihrer Trauer. Hält der Richter einen Trauerabstand ein, oder ist das Gericht selbst der Trauerabstand, nein, »die gesellschaftliche Form für Trauer«, nein, um den Ausgleich zu schaffen. Egal, wir sitzen zu weit weg von ihm, der Richter wird uns nicht hören können, gleich, wie wir rufen.

Währenddessen ist der Trauerzug weitergezogen, er ist jetzt ganz verschwunden, heißt es, und in diese Stille hinein kann es erneut um Wiederkennungswerte gehen. Und natürlich wird man die Trauerlücke nützen und fragen, zu wie viel Prozent man Menschen wiedererkennen kann, mal so grundsätzlich. Menschen, die man verloren hat, und Menschen, die man beobachtet hat. Der Bloggerklaus, der Zahlen liebt, meint: 100 % Wiedererkennung halte er für ausgeschlossen, aber man konstruiere diesen Wert, wenn es sich in Wirklichkeit um 60–80 % handelt. Der Wohnmobilverkäufer wird mit einem 60%igen Wiedererkennungsergebnis dastehen, das niemandem im Raum was bringt. Bei seiner erneuten Befragung werden es nur 50 % und bei der übernächsten 40 % sein, schließen wir uns seinem Votum an. Die Wiedererkennung schwindet, je öfter sie befragt wird, am Ende bleibt nichts von ihr übrig. Wird man zu genau befragt, kennt man am Ende niemanden mehr. Aber mal andersherum gefragt: Würden wir Tote wiedererkennen, tauchten sie nach zehn Jahren wieder auf? Beschäftigen wir uns lieber mit jenen Zeugenaussagen, die behaupten, dass man jemanden mit geflochtenen Haaren schlechter wiedererkennen könne als mit offenem Haar? Dass eher ein rasiertes, freundliches Gesicht das Wiedererkennen erleichtere als ein unrasiertes unfreundliches! Ja! Ganz abgesehen von den dem Wiedererkennen abträglichen Veränderungen wie Gewichtszunahme und -abnahme. Wie muss jemand aussehen, damit ihn ein Wohnmobilvertreter wiedererkennen kann? Oder ein Türsteher. Ein Mobilfunkkartenverkäufer. Eine medizinische Fachangestellte. Merkt man sich jemanden eher, wenn diese Person einer Schauspielerin ähnlich sieht, die man oft gesehen hat?

Nein.

Fahren wir fort. Wo waren wir stehengeblieben?

Die Trauer. Bei der Trauer kann man allerdings nicht stehenbleiben, da geht man immer weiter. Und weiterzugehen hat mit der Dokumentation zu tun, hier eine radikal trauerlose. Also wir waren uns doch einig: Zu den Taten gehört auch die Dokumentation. Oder müssen wir uns da auch noch darüber streiten? Das wird doch so ein weiterer Befund sein. Das wird doch die Hauptangeklagte gleich nach der Aufdeckung des Trios erledigt haben. Das Versenden der sogenannten Dokumentation an die Presse. D. h., wir haben das noch nicht aufgegriffen, aber wir werden mehrfach sehen, wie es für die Terrorbande nicht ausgereicht haben wird, einfach zu töten, sondern dazu noch ein Archiv anzulegen, das Archiv über die vollbrachten Morde. Dieses Archiv wird für die Öffentlichkeit aufbereitet worden sein, was länger Gegenstand der Verhandlung sein wird, quasi als Erinnerung und stehende Drohung. Die Alias-Namen werden sich in diese Archivarbeit reingehängt haben. Sie werden Killer und Cleaner geheißen haben wie in einem beliebten Spiel. Sie werden ihre Taten fortgesetzt haben wollen in eine beliebte Musik hinein, die fortan niemand mehr von uns hören möchte und niemand mehr auf dem Klavier nachspielen. Schon die ersten Takte werden unerträglich sein. Nein, diese Musik wird keine Fingerübung mehr sein können, sie ist jetzt inflationär als Mordmusik. Ein beliebtes Kinderstück, das eine grässliche Farbigkeit bekommen haben wird. Und, ja, sie werden Adressaten gehabt haben. Eine Öffentlichkeit, die mitschreibt, eine Öffentlichkeit, die Bilder dazustellt, und die die Dinge verpackt, eine mit Stressvolumen und emotionalen Pegelständen, aber wir sind diese Öffentlichkeit nicht. Wir schreiben keine Tatversionen mit während der üblichen Ladenöffnungszeiten. Man wird am Tatort gewesen sein und die Taten begangen haben, werden diese Videos zeigen, so viel komprimiertes Täterwissen gab es nie, werden sie zeigen, und man wird dazu die Tatorte ordentlich an die Polizeistationen herangerückt haben, als wolle man sagen, uns kann keiner was. Immer weniger als 100 Meter entfernt wird die nächste Polizeistation sein. Eine Polizeinähe herrscht wirklich übers Verfahren, die wir nicht einzuordnen wissen.

Gut, aber wo waren wir stehengeblieben?

Äh.

Ach ja, beim Vokabellernen, bei den vielen Marken waren wir stehengeblieben, bei der Waffe Radon Vis Modell 35 oder der Pistole Erma, der Gasalarmwaffe 8 Millimeter Knall, einer Selbstladepistole? Nein? Eine Walther PP, 7,65 Millimeter Browning, oder doch die Pistole Česká, Modell 70, Kaliber 7,65 Browning.

Manche von ihnen eindeutige Maschinenpistolen, die anderen nicht. Wie kann man 17 Waffen sammeln, deren Herkunft nur bei dreien geklärt werden konnte, fragt gerade niemand. Auch meldet sich keiner zu Wort mit dem Erstaunen, wie man alleine oder zu zweit eine 10 000er Liste erstellen kann, bestehend aus all den Namen dieser Persönlichkeiten, Provinzanwälte, Ärztinnen, Beamte, Ehrenamtlerinnen da und dort. Wie kann man mit dem Fragen aufhören? Was ist passiert? Oder sind wir schon an den vielen Stellen, an denen der O-Ton-Jurist seine Kollegen beurteilt? Als hätten wir ihn gefragt, gab er zur Antwort: »Natürlich mache ich das. Ich wünsche allen eine gute Verteidigung. Aber das, was ich hier sehe, ist doch arg viel Stümperei.« Das sind die erwartbaren Sätze, was sind die unerwartbaren?

Nein.

Wo waren wir stehengeblieben? »Ich weiß es nicht mehr.« – Ach, vielleicht auf dem Gerichtsvorplatz oder vielmehr auf der grünen Wiese, auf der ein Innenminister steht. Oder jemand aus dem Landesamt, der Chef des Verfassungsschutzes. Denn im Gericht stehen sie nicht. Werden sie draußen in der Märzsonne stehen? Eine Tätermutter wird ja gesagt haben, »die erleben dieselbe Sonne wie wir«. Aber stimmt das auch? Ist das hier die Keupstraßensonne, die Nürnbergersonne, die Rostocksonne? Die aus Hamburg und die aus Heilbronn? Wird sie ihr angriffslustiges Gesicht zeigen? Oder ist es eine ausgetauschte Sonne, die »Alles neu macht der Mai« singt.

»Eitelkeit«, sagt der O-Ton-Jurist und fällt erneut sein Urteil.

Ja, wir sprechen jetzt wirklich durcheinander.

Aber wo machen wir jetzt weiter? »Ich weiß ja jetzt schon, wann die Bombenserie drankommt«, wir haben ja fast keine Restzeit mehr, also die Zeit ist aufgebraucht, »hört ihr?« Das Spiel wird sich ja bald beenden, das wissen wir.

Das ist kein Spiel.

Werden Stimmen von draußen laut? Sie werden sich bemerkbar machen. Das ist kein Spiel. In einem Spiel gibt es ein bestimmtes Wissen. Hier regiert das Nichtwissen. Es wird bald einen höheren Anteil annehmen als das Wissen, alleine der Polizistinnenmord, der nicht Teil der Česká-Morde, also der Morde mit dieser einen Tatwaffe, die allen anderen Morden zugeordnet werden kann, ist. Ein ganzer baden-württembergischer Untersuchungsausschuss wird sich mit ihm beschäftigen. Hier im Gericht wird er zu einem Zufallsmord, ein Mittagspausenmord am hellichten Tag in einer offenen Situation.

Der Bloggerklaus erwähnt plötzlich die herrschende Meinung, die alles entscheidet. Sie wird richterlich festgestellt, und Zeugen, die eine andere Version als die herrschende Meinung vortragen, können wegen Falschaussage angeklagt werden, auch im Nachhinein. Aber das spielt in diesem Verfahren keine Rolle (der O-Ton-Jurist), auch wir sind uns sicher, dass es hier keine Rolle spielt, im Gegenteil, er soll also still sein.

Der O-Ton-Jurist sagt: »Jetzt hör aber mal auf! Jetzt hör aber mal wirklich auf. Als ob du eine Ahnung hättest.« Und: »Ach, ihr sitzt doch alle schon längst in der Antifa-Ecke!« »Ja, natürlich«, erwidert die Omagegenrechts gelassen, es gebe hier doch gar keine anderen Ecken? Wir sind alle erstaunt über ihre plötzliche Klarheit. Das hätten wir von ihr nicht erwartet. Woher hat sie die? Der Antifa-Eckenspruch hat etwas von der

Überlebendigkeit der Dortmunder Zeugin aufgenommen. Man müsste an die Tatorte gehen, fährt sie auch schon prompt fort, dann werdet ihr sehen, dass es diese Städte gibt. Dass es Köln gibt, dass es München gibt und Rostock, dass es Hamburg gibt und Dortmund und Kassel. Heilbronn und Nürnberg. »Die gibt es nämlich tatsächlich«, ruft sie aus, »und ich bin dort gewesen.«

Witze erzählen

»Wenn Sie sich ein wenig zur Seite neigen, dann könnte ich etwas sehen«, unterbricht die Omagegenrechts die recht lauten Herrschaften vor ihr. »Was wollen Sie denn hier noch sehen?«, blafft einer von ihnen zurück. »Hier gibt's nichts zu sehen!« Und sein Sitznachbar fügt hinzu, »und eigentlich auch nichts zu hören.« Er lacht. Die Vordermänner bewegen sich um keinen Zentimeter. Sie sitzen vor einem. Sie feixen. Wir werden ununterbrochen in ihrem Sonnenlicht sitzen, da gibt es jetzt kein anderes mehr. Schwarze Sonnen, die sich der Volksbelustigung verschrieben haben. Menschen, die jetzt Oberwasser bekommen. Sie riechen Morgenluft. »Das hier gibt es bald nicht mehr.« Hören wir den einen. »Diese Idioten.« Der andere. Zwei von der Sorte eben. Was wir erwartet hätten, fragt der O-Ton-Jurist, natürlich kommen diese Leute hierher. Das ist doch deren Klientel. Sie bestehen eben nicht aus Luft und Wasser, sie sind keine Halluzinationen. Man hat Angst, Ellenbogen und Handrücken ins Gesicht zu bekommen. So eng ist es jetzt hier. Die Luftfeuchtigkeit hat weiter zugenommen. Richtig schwül wirkt es. »Fragt mich der Richter, ob ich den Angeklagten hier im Raum sehen würde.« Kommt von der Wand vor uns. Immer sitzen sie vor uns. »Sage ich natürlich nein.« – »Sie haben doch auch ihre Aussage gemacht«, pöbelt er die Omagegenrechts an. »Und, ist was rausgekommen?« Wieder lacht er. »Das Ganze ist eine Farce.« – »Eine Faschingsveranstaltung da unten.« Die Omagegenrechts hält sich an uns fest. »Ich habe keine Aussage gemacht. Wie kommen Sie denn da drauf?« – »Sie sind doch die, die mit dem Nachbargrundstück!« Wieder Gelächter. »Zumindest sehen Sie so aus.« Grunzen. »Oder die Tatortzeugin. Euch kann man ja alle nicht unterscheiden.« Gelächter. »Ihr seid ausgewachsen«, stellt die Omagegenrechts fest, »ihr könnt jetzt still sein.« Sie traut sich das, das ist erstaunlich. »Du bist doch sicher so eine Geschichtslehrerin. Von den Grünen.« Albern die, so, als wären wir nicht im Gericht. Sie sagt nur »Ruhe!« Und wir sind erstaunt, dass sie sich das traut. Wird sie später sagen, der Prozess habe sie verändert?

Wir sind still geworden, das stimmt, das kann man uns sagen. Die Witze machen jetzt andere, wird uns nachgesagt, aber wir haben doch gar keine Witze gemacht.

Die Menschen um sie rum sind ausgewachsen, wiederholt die Omagegenrechts. Sie sind im Zwillingsgeschäft: »Uns kann keiner was.« Alle Zeugen würden immer sagen, ich kann sie nicht auseinanderhalten. Man kann niemanden an Tatorten festmachen, wenn er einen Doppelgänger hat. Wie bei Hase und Igel. Nicht dingfest zu machen, das weiß jeder Richter. Blöd wären sie, mit Namensschildern rumzulaufen, auch wenn der eine als neonazistische Litfaßsäule unter der Oberbekleidung herumläuft, und nicht über ihr, »denn dann kriegte man sie ja auch wegen dem Zeigen verfassungsfeindlicher Symbole dran« (Bloggerklaus). Aber nein, sie rennen nicht mit nacktem Oberkörper durch die Stadt, einem Oberkörper voll mit Sprüchen und rechtsextremen Girlanden, denn dieser würde sie unterscheidbar machen. Der eine sitzt auf der Anklagebank, der andere hier oben bei uns. Die Dinge rücken näher. Man sagt uns, wir wären auch gerne im Zwillingsgeschäft, aber das stimmt nicht. Doppelgänger sind genau das, was wir jetzt nicht benötigen.

Es sind tatsächlich die Zwillingsgeschichten, die neben den Witzen im Gerichtssaal Platz genommen haben, die Bruderschaft Erzgebirge ist ein Witzeverein, der Thüringer Heimatverein ist ein Witzeverein, Blood & Honour war nicht zugegen, ist vermutlich ein außerordentlicher Witzeverein, und überall sitzen plötzlich Zwillinge, die Witze erzählen können. Es heißt, Witze, über die keiner lacht, gibt es nicht. Das stimmt nicht. Sie werden sogar immer mehr, sie geraten überallhin, in alle Ritzen hinein und trauen sich immer weiter. Angeklagter und Zwillingsbruder lächeln sich an, und dieses Lächeln fährt über das Gericht, es übermalt es, bis es fadenscheinig wird. »Du bist nichts, dein Volk ist alles«, und dieses Volk ist immer zu zweit, es ist eigentlich immer nur zu zweit, nicht zu unterscheiden, man kann es nicht dingfest machen. Heute macht aber die Oberbekleidung mit bei dem Gelächter: »Brüder schweigen« wird schon wieder auf dem T-Shirt des Angeklagten stehen und eventuell als eine Beeinflussung des Aussageverhaltens des Zeugen anwaltlich beschrieben, wir wissen es nicht, wir schauen gerade nicht so genau hin, denn das ist doch nur ein Witz. In einer Grauzone sind wir jetzt, in der Zone der Ermessenssache, weil die Aussagen fehlen. »In diesem Land fehlen jede Menge Aussagen«, kommentiert der Bloggerklaus, der unruhig geworden ist, weil man ihm doch glatt seinen Kuli geklaut hat. Mit dem habe er doch alles aufschreiben wollen. Jetzt ist er fort und keiner hat mehr einen Kuli für ihn. Wohin er auch schaut, kein Kuli. Eine Kleinigkeit, kein Kuli, ein Witz, aber eben kein Kuli. Er weiß, das ist jetzt lächerlich, aber er findet es dennoch nicht unwesentlich. Kein Zufall, sagt er, doch niemand greift das auf.

Sie reden statt uns. Ja, um uns herum geben einige alles weiter, um aus dem Gericht eine Faschingsveranstaltung zu machen. Ist zu komisch, das hier. Zeugen kommen und sagen, sie wüssten nichts, man kichert, grüßt sich, verschworene Blicke. »Der mietet dauernd Wohnwagen an, und ihm passiert nichts«, macht inzwischen der eine weiter. »Stellt euch vor: Der ist doch nur ein Wohnwagenanmieter, der ist doch nur ein Bahncardleiher.« – »Ach so, wusste ich nicht!«, feixt der andere. »Ich dachte, er kann Mordfahrzeuge in Bewegung versetzen.« Lachen. Der Bloggerklaus hat bereits Post von ihnen erhalten. Der Gerichtsopa auch. Nein, der Gerichtsopa nicht. Natürlich der Herr Kollege, und von der Aktenyildiz, die längst zu einer Ausstiegsyildiz geworden ist, wissen wir es nicht, und die gehen alle super damit um, also wir sind richtig stolz auf sie. »Ab wann muss man rechtsextreme Drohungen ernst nehmen?«, fragen sie die Polizei zwischen den Sitzungen, aber die Antwort hören sie nicht, weil so viele Witze ihnen dazwischenkommen. »Wenn Morddrohungen ausgesprochen werden? Wenn Adressen herumgereicht werden? Wenn Kindernamen und Kindergärten bekannt sind?«

Seht ihr, wie sich der schon lässig hinfläzt, seht ihr, was für einen Unfug der macht? Er sagt zu dem anderen, in Motorradjacke, auch ein Rentner: »Hier ist auch nichts los.« Als wäre dieser Prozess nichts Besonderes, als wäre er nur Teil des Gerichts. »Sieh, Gerichtsopa, das ist deine Ablösung!« Nein, sie tun so, als wäre dieser Prozess nichts Besonderes. Niemand kann so tun. Wer hier fünf Jahre absitzen wird, der wird diesen Prozess mit nichts vergleichen können. »Das ist unser Prozess!« Das waren jetzt wieder wir, seht ihr, wir lassen das nicht so einfach aus unseren Händen gleiten. Oder doch?

Frage: Wie machen wir hier klar, dass es um was geht, dass es etwas Ernstes ist? Dass sich hier jeder zu benehmen hat? Antwort: Am besten, indem wir uns selbst daran erinnern. Früher wussten wir das alle. Jetzt haben wir es vergessen. Wir wussten, wann man hier aufzustehen hat und wann man sich setzt. Früher wussten auch alle, dass man schweigt. Dass jetzt andere reden. Aber dieses Wissen ist irgendwie verloren gegangen. Es liegt an uns. Das sei wohl unsere Sache, das herzustellen. Wie kann man fünf Jahre ohne Witze überleben? »Behauptet wer?«

Nur eine Person unter uns denkt an die Witwe eines Opfers, der man empfohlen haben wird, das Kind aus der Schule zu nehmen, weil dieses Kind durch die Gewalttat und die Verdächtigungen eine Gefahr für die Sicherheit der Schule darstellt. Nur eine Person unter uns denkt gerade daran, wie man die Angehörigen der Ermordeten in kriminalistische Datenbanken aufgenommen haben wird, Fotos von ihnen gemacht, Fingerabdrücke genommen, als wären sie die Hauptverdächtigen. Man wird sie die Rechnungen für die Tatortreiniger bezahlen lassen, obwohl sie selbst zuvor den Tatort gereinigt haben werden, all das Blut weggewischt, die verschimmelten Überreste der Gemüseläden, die schwarzen Ermittlungsspuren – »der ganze Raum ist schwarz gewesen von diesem Pulver«. Was wird noch alles mit ihnen geschehen sein? Das sehen wir nicht. Aber die Grundsatzyildiz sieht es schon. Die mit Sicherheit. Sie muss hier irgendwo noch sein, aber wir können sie nicht ausmachen. Dies hier zumindest ist nicht unsere Grundsatzyildiz. Das ist eine andere Person, sie sieht ihr verdammt ähnlich, aber das ist sie nicht, kann sie nicht sein. Also wir halten unsere Augen offen, aber wir müssen zugeben, wir haben sie irgendwie aus den Augen verloren. Nicht einmal das schaffen wir. Jemanden im Auge zu behalten. Ist sie hinter der Witzewand? Ist sie etwa nach Hameln gefahren zu ihrer Familie? Der Prozess wird doch weitergehen. Er wird nicht einfach stehenbleiben. Das sollte man ihr einmal sagen. Sagt es ihr jemand? Hallo? Unsere Stimmen fehlen derzeit, wir haben keinerlei Außenwirkung. Unsere stimmlichen Konten sind sozusagen leergeräumt, der Atem lässt nach.

Da hilft auch kein Anstupser und die Feststellung, dass wir die seien, die doch auch im Zwillingsgeschäft seien. Hase und Igel. Wir seien immer schon da. Wir sitzen auf der Empore links und rechts. Zu zweit. Auch wenn wir viele sind, wie zu zweit. Wir beobachten, wie sich die Lippen bewegen. Immer nur rückwärts, immer rückwärts. »Taten statt Worte.« War das jetzt wieder so ein Witz?

Es gibt Menschen, die sind nie ausgewachsen, erklären wir jetzt der Omagegenrechts, die wachsen einfach immer weiter. Sie werden erst so groß wie Schränke und dann so groß wie Wände, sie sperren bald ganze Straßen ab und nehmen es mit Häuserreihen auf. Sie prägen das Stadtbild. Und niemand kann an ihnen vorbei. Niemand kann durch sie durch. Sie sind eine Mauer aus Fleisch. Das sind aber nicht wir, beeilen wir uns zu sagen. Das sind die. Solche sind hier aufgetaucht. Es heißt, man benötigt nur eine kleine Nadel, man pikst in sie hinein, und dann geht alle Luft raus. Doch so einfach ist es nicht. Hier werden auch keine Nadeln gereicht. Die Nadeln sind derzeit ausgebucht, sie sind sozusagen in ihren Händen.

Etwas von da unten hat sich hier raufverlagert, sind wir sicher. Das bleibt auch sonst nicht aus, aber dass Täterwissen unter uns sitzt, weitergereicht als lustige Anekdote, kann man sich noch nicht vorstellen. Wissen die hier oben einiges, was da unten noch nicht gewusst wird? Was dort unten nie zu Wort kommen wird? Schon wieder ein Witz. Ein Blondinenwitz war's diesmal nicht. Die Witze, die erzählt werden, sind mittlerweile beinahe unverständlich. Wir haben uns auch noch nicht daran gewöhnt zu lachen, obwohl wir es nicht lustig finden. Das ist mühsam. Es gibt aber Leute, die werden jedenfalls lachen, jeden Augenblick legen sie los, ihr werdet sehen, ihre Lachbereitschaft ist unglaublich, wir wissen nicht, woher sie das haben. Der Richter wird um Ruhe bitten und eine Ordnungswidrigkeit benennen. Wir wundern uns, dass niemand mehr zuhören wird, was da unten geschieht.

Gottseidank hat uns der Gerichtsopa, also der richtige (ja, das muss er wirklich sein, wir erkennen ihn!), daran erinnert, dass wir aufpassen müssen. Dass wir in der Spur bleiben müssen. (Gefahr droht!) Wir hörten ja nicht mehr richtig zu. Wir befinden uns in diesen Zeiten, in denen fast kein Zeuge mehr auftritt, und auch kein Politikbesuch hier bei uns noch zu erwarten ist, kein Papst der Gerichtsbarkeit, kein Promi, d.h., ein

Papst tritt hier doch noch auf, aber unten, ein Sachverständigenpapst, der jedoch ein falscher Papst sein wird, weil er kein forensischer Psychiater ist, nur ein dahergelaufener Psychiater oder nicht einmal das, er wurde als Gegenpapst zum forensischen Gutachter von der Verteidigung herbeizitiert, vielleicht um die »besondere Schwere der Schuld« abzuwenden, die bereits die Runde macht, als wären wir in irgendeiner Urteilsnähe, von der wir keinesfalls ausgehen. »So schnell schießen die Preußen nicht.« Dieser Gegenpapst wird bei der Angeklagten im Gefängnis zur Begutachtung gelandet sein, aber irgendwie falsch gelandet, mit Pralinenschachteln, und man kann ihn jetzt leicht wegen Besorgnis der Befangenheit ablehnen. Er wird noch mal den ganzen Saal auf einen Nenner bringen, ein letztes Mal, denn für alle wird es peinlich sein, wie er sich für den letzten Nichtzwilling hält, ein Egoshooter vor dem Herrn, das beste Beispiel dafür, wie Expertentum zur Eitelkeit verführen kann, die gleichzeitig dieses Expertentum beendet. Wir sehen den O-Ton-Kollegen an, und er nickt.

Gottseidank hat uns der Gerichtsopa (Gefahr droht!), der richtige, erinnert, dass die Realität von dem abweichen könne, was wir da voraussagten. Es ist möglich, dass die Dinge sich ganz anders ereignen werden. Ob wir denn wirklich so sicher sind, dass das schon das absolute Ende der Beweisaufnahme sein wird? Vielleicht sind wir auf der falschen Spur? Gottseidank hat uns die Omagegenrechts, also die richtige, daran erinnert, dass es im Gericht durchaus um Gerechtigkeit geht. Am

Ende erinnert immer eine an Gerechtigkeit, aber die Person möchte selten mit dem Namen genannt werden. Die Omagegenrechts sagt »ach was«. Am Ende erinnert eine an die Gerechtigkeit, und ein anderer meint, dass man die eigenen Vorstellungen von Gerechtigkeit am besten unten an der Garderobe abgegeben haben sollte, nein, in den Polizeifächern verstaut, und dann behauptet wieder eine, es gehe doch letzten Endes um Gerechtigkeit. Normalerweise kommt darauf nur, sei doch nicht so naiv, oder: du hast nichts verstanden, aber jetzt schweigen alle.

Wir sind sehr schwach. Derzeit haben wir keine Uhrzeit mehr, die Tage vergehen ohne Uhrzeit … also ohne Uhrzeit.

Die Gerechtigkeit ist hier kaputt, meint der Bloggerklaus nach dem Schweigen, wer will sie hier noch reparieren? Ist sie überhaupt zu reparieren? Das bleibt im luftleeren Raum hängen wie das Versprechen einer Bundeskanzlerin. Erinnert sich noch wer? Die rückhaltlose Aufklärung? Wie kommen Bundeskanzlerinnen überhaupt zu ihren Versprechen? Aber dass es gut ist, dass Gerichte nicht dem Versprechen der Kanzlerin folgen müssen, ist jetzt hier wirklich mehrfach gesagt worden – »Lasst es mal gut sein!« – an allen Nazigrößen vorbei, die sich endlich hinsetzen wollen, aber keine Plätze mehr finden. Sie können nicht mehr stehen, sie schaffen das wirklich nicht mehr. Sie haben sich hier eingefunden, um endlich den Antrag auf sachverständige Feststellung des deutschen Volkstods gestellt zu sehen, wollen sich langsam, aber sicher mal setzen, niemand macht ihnen jedoch Platz, sie sind so müde. Die das Völkische wiederholen wollen, werden sich bald gründlich als Opfer inszeniert haben, als ob sie kleine Anfragen an Parlamente stellten.

»Ich lasse mir die Opfereigenschaften meiner Mandantin nicht nehmen«, wird ein Nebenklagevertreter dagegenstemmen müssen. Das klingt in unseren Ohren so, als wäre es etwas Dazuaddierbares und Wegnehmbares. Es klingt auf eine Weise genauso verdreht wie die Empfehlung einer selbsternannt »nationalen« Verteidigerin: »Wehret den Anfängen.« Wird dieser Spruch etwa tatsächlich gegen die Nebenklage gerichtet sein, die sich um Aufklärung des V-Mann-Desasters bemüht? Quellenschutz geht vor Opferschutz, ist deren stets erwartete Formel. Alles wiederholt sich. Korrigiert uns, wenn wir da falsch liegen. Ja, korrigiert uns bitte, denn wir können ab jetzt immer falsch liegen. Aber das tun sie nicht, sie lachen nur: Drei Bundesanwälte, die gegen eine 60-fache Nebenklagevertretung arbeiten, wo die doch an einem Strang ziehen sollten und gar keine Allianzen mit der Verteidigung eingehen. Ist denn der Raum gekrümmt? Dreht sich hier alles? Ist die Tatsache daran schuld, fünf Jahre in einem Raum mit Rechtsextremen verbringen zu müssen? Setzen sich die Rechtsextremen jetzt endlich weg? Kann sich bitte endlich jemand von denen wegsetzen? Kann sich überhaupt mal jemand wegsetzen! Wir wollen nicht mehr diese Zettel mit unseren Adressen sehen, die uns erinnern, dass wir Sterbliche sind, weil wir auf deren Abschussliste stehen. Wir wollen nicht mehr diese Sterblichkeit in unseren Gesichtern! Stellt sich jetzt endlich die Vergangenheitsform ein, von der ihr immer sprecht? Wer kann sie abrufen?

Aber nein, keine Vergangenheitsform, und die andern sind jetzt immer im Zwillingsgeschäft und da gibt es immer den richtigen Gerichtsopa und den falschen, die richtige Grundsatzyildiz und die falsche, den richtigen Bloggerklaus und den falschen, alle haben ihre Doppelgänger verpasst bekommen, die das Wir-Sagen üben. Das ist ermüdend. Wir sind neben der Spur, denn niemanden kann man mehr festmachen. Keine Ansprechpartner mehr.

So sehen wir uns schließlich quasi alleine den Polizisten gegenüber, die uns an die Überprüfung von drei Russen erinnern werden, an die Befragung der Romafrau und an den Lügendetektortest eines Romazeugen, weil der doch ein typischer Vertreter seiner Art gewesen sein wird, während rund um uns die Telefone klingeln. Das zumindest werden wir gleich einer Aussage entnehmen: eine Landschaft aus Telefonen und überall sind Tatortzeugen dran, ganz Deutschland nur noch ein Land der Tatortzeugen, aber der kommenden Tatorte. Tatorte, in denen alle Fahrräder längst geparkt wurden von nicht türkisch aussehenden Männern, die ihr nicht-türkisches Aussehen noch immer nicht losgeworden sind, von Zeugenaussage zu Zeugenaussage. Sie werden einfach weiter nicht türkisch aussehen, und niemand wird es bemerken. Das wird gleich stattfinden! Das wird wirklich gleich –

Der Bloggerklaus hat nun doch endlich einen Kugelschreiber auftreiben können und ruft endlich: »Stopp! Das Gericht behandelt Vergangenes, nicht Zukünftiges.« Er oder sein Zwilling will uns nicht daran immerzu erinnern müssen, während wir sehen, was wir sehen. Das kommt doch auf uns zu! Die nicht türkisch aussehenden Männer in ihrer nicht türkischen Fahrbewegung auf nicht türkischen Fahrrädern stellen inzwischen was für uns alle ab.

Nein.

»Das ist doch schon vorbei«, flüstert die Omagegenrechts oder jemand neben ihr. Das wird das Gericht auch so sehen. »Wir behandeln Vergangenes.« Die nicht türkisch aussehenden Fahrradfahrer haben einstweilen was abgestellt und fahren jetzt fort.

Einen kurzen Augenblick später setzt die Vergangenheit ein und die Zukunft aus.

III. Manöver

Ich weiß, was ich gesehen habe und was ich nicht gesehen habe.

Seien Sie still. Sie haben jetzt nicht zu sprechen, jetzt spricht der Richter. Er stellt die Fragen, nicht Sie.

Er hat doch noch gar keine Fragen gestellt.

Sie schweigen besser, schon alleine aus eigenem Interesse. D. h., Sie verschweigen hier nichts, aber kein Wort zu viel, ja? Das haben wir doch so vereinbart. Das können Sie doch. Nur das Nötigste. Und nur das, was Sie wirklich wissen. Versuchen Sie keine Vorträge zu halten. Das interessiert hier nicht.

Das ist nicht das Gericht, das mir vorschwebt. Ein Gericht, in dem wir ständig unterbrochen werden. Man sollte ausreden können, aber hier kann man nicht ausreden. Wobei, wer ausredet, kommt nie an ein Ende …

Ich sagte doch, Sie sollen still sein. Sie werden gleich vom Richter befragt, und danach wird das Fragerecht wandern, vielleicht zur Verteidigung wandern, aber niemals auswandern, es bleibt immer im Raum, immer auf dieser Etage. Sie werden hören, was er äußern wird, und das wird ungefähr so klingen: »Sie sagen, Sie hätten sich kurz nach 13.00 Uhr beim Tatort eingefunden. In ihrer Aussage gestern äußern Sie, Sie seien nicht wirklich da gewesen. Wie ist das zu verstehen? Sie waren doch da. Also vor Ort. Und, um Ihnen einmal einen Vorhalt aus ihrer Anfangsaussage in der Erstvernehmung zu machen: ›Am besagten Tag fuhr ich mit dem Fahrrad von der Schule zurück und sah zwei Männer sich dem Kiosk nähern. Das muss kurz nach 13.00 Uhr gewesen sein, weil ich von der Schule kam und immer kurz nach 13.00 Uhr nach Hause fahre. Einer von beiden trug eine Plastiktüte mit einem schweren Gegenstand in der Hand.‹ Sie beschrieben ihn als jemand mit abstehenden Ohren. Und südeuropäisch. Das haben Sie doch gesagt? Jetzt behaupten Sie, Sie hätten diese Typen als irgendwie osteuropäisch wahrgenommen. Was meinen Sie damit? Wieso weichen Sie von ihrer türkischen Anfangsaussage ab, Sie haben doch türkisch gesagt. Die Männer hätten südeuropäisch ausgesehen.«

–

Wieso gehen Sie davon aus, falsch wiedergegeben zu sein? Sie haben das doch unterschrieben! Haben Sie vorher bereits Zeugenaussagen in anderen Fällen gemacht? Uns liegen Informationen vor, dass Sie in zwei anderen Fällen auch Rechtsradikale erkannt haben wollen. Wieso erkennen Sie andauernd Rechtsradikale? Neigen Sie dazu, sich an Tatorten aufzuhalten?

> Einspruch! Die Verteidigung äußert sich in Unterstellungen. Die anderen Fälle sind nicht Gegenstand dieser Verhandlung.

Gut. Wie würden Sie die Wohngegend beschreiben? Handelt es sich um eine normale bürgerliche Wohngegend oder könnte dort alle Augenblicke jemand auftauchen, der eine Waffe zieht, und auf andere Menschen schießen?

Einspruch! Der Begriff der Normalität ist unklar definiert.

Sie behaupten, dort etwas gesehen zu haben, Sie behaupten, eine Waffe gesehen zu haben, haben aber nicht sofort die Polizei gerufen. Sie haben bei dem Objekt, das von dem vermeintlichen Täter getragen wurde, an eine Waffe gedacht, aber nicht die Polizei gerufen? Sie haben …

Einspruch! Die Verteidigung stellt Wiederholungsfragen.

Sie fühlten sich bedroht, sagten Sie, haben aber nichts gemeldet. Wenn man sich bedroht fühlt, meldet man doch etwas. Sie haben doch sicher mehrfach das Handy in die Hand genommen, um die Polizei zu rufen. Warum haben Sie es wieder weggelegt? Warum sind Sie einfach weitergefahren? Oder macht man das so dort, wo Sie herkommen?

Einspruch. Die Herkunft der Zeugin ist hier kein Thema.

Sie sagen, Sie haben sich kurz nach 13.00 Uhr am Tatort eingefunden und haben die nicht türkisch aussehenden jungen Männer beobachtet, die nicht türkisch aussehende Bewegungen gemacht haben und in nicht türkisch aussehenden Kleidern drin steckten und ganz und gar untürkisch miteinander sprachen. Da kommt ziemlich viel Untürkisches zusammen, finden Sie nicht?

Einspruch …

Wie ist Ihre Verbindung zu Ihrem Nachbarn? Er wird mit der linksradikalen Antifaszene in Verbindung gebracht.

Einspruch – verfahrensirrelevant.

Sie haben sich also kurz nach 13.00 Uhr am Tatort eingefunden und aus den Augenwinkeln zwei Männer beobachtet, die sich dem Tatort näherten, einer mit einer Plastiktüte in der Hand, in der eine schwere Waffe hätte liegen können. Sie haben nicht verstanden, was sie sagten, ja, ob sie wirklich was sagten, Sie haben die Bedrohlichkeit auf die schnellen zielgerichteten Bewegungen der beiden Männer zurückgeführt und auf das langsame Schieben des Fahrrads. Sie seien einen Moment lang angesehen worden. Es sei der Blick gewesen, dieser Blick, der alle Bedrohlichkeit enthielt, so haben Sie es in Ihrer Erstaussage formuliert, ein hasserfüllter Blick kurz nach 13.00 Uhr. Fühlen Sie sich öfter einmal hasserfüllt angesehen?

Ein …

Sie haben mit dem Polizeibeamten K. zuerst nicht sprechen wollen, wieso? Sie sind später wieder in den Irak gereist, warum? Das hat ja Ihren Status verschlechtert.

Einspruch, die späteren Reisen der Zeugin spielen keine Rolle.

Sie wissen, hier gilt das Prinzip der Mündlichkeit, und

Sie behaupten, Sie müssen sich an Ihren Notizen festhalten, das geht hier aber nicht. Sind Sie etwa traumatisiert? Sie können Ihre Stimme schon ruhig wiederfinden, die dürfte Ihnen bei dem wenigen, das Sie beobachtet haben, doch nicht verloren gegangen sein. Ihre Stimme wird abweichen. Ihre Stimme wird schon von der des rechtsextremen Verlegers abweichen, der vor Ihnen an dieser Stelle gesprochen hat. Die Stimme wird abweichen von der Mutter eines Opfers, die nach Ihnen sprechen wird. Der rechtsextreme Verleger hat äußerst sanft gesprochen, als wolle er alle Vorurteile über sich über den Haufen werfen. Ihre Stimme hingegen klingt relativ schrill. Wie sollen wir Ihnen glauben, wenn Sie so sprechen? Sie klingt, als wollten Sie unbedingt etwas gesehen haben, was Sie nicht gesehen haben können.

–

Stattgegeben.
Ihnen werden jetzt mehrere Waffentypen vorgelegt. Ich bitte Sie, die betreffende Waffe zu identifizieren, die Sie in der Plastiktüte vermutet haben. Das können Sie doch, oder nicht?

–

Sie haben sich kurz nach 13.00 Uhr dem Tatort genähert und haben niemanden mehr von da weggehen sehen. Wie kann das sein? Da ist niemand weggegangen, sagten Sie, obwohl da jemand weggegangen sein musste. Denn ansonsten wäre auch der Täter noch im Tatort drin, alle wären noch im Tatort drin. Und jetzt sagen Sie, es seien die falschen 13.00 Uhr gewesen, als

gäbe es richtige. Gibt es richtige 13.00 Uhr, und wo wären die zu finden?
Sie sagen, es waren dieselben 13.00 Uhr, die auch dem Bundesamt für Verfassungsschutz zur Verfügung stünden, und die hätten mit denen auch nichts anfangen können. Auch die Landesämter und die Kriminalpolizei. Also muss es irgendwo noch die richtigen 13.00 Uhr geben, wie es auch die richtigen 17.00 Uhr in Kassel geben muss, und nicht nur die falschen. Vielleicht sind es Uhrzeiten, die uns hier in dieses Gericht verfolgen und dann zuschlagen?

Einspruch, Sie verlaufen sich in Abstraktionen!
Ein guter Versuch! Aber Sie haben hier keine Einspruchsrechte.
Sie beschreiben den Tatort wie folgt: Eine Endhaltestelle einer Straßenbahnlinie, ein Kiosk in Schulnähe, ein Gemüseladen nur 100 Meter neben einer Polizeiwache. Ein Nachbargrundstück. »Wir standen an der Endhaltestelle der Straßenbahnlinie, als die Rechtsradikalen kamen und das Häuschen auseinandernahmen. Zuerst nahmen sie das Häuschen auseinander und dann uns.«
Da war aber kein Häuschen. Sie haben ja selbst gehört, zur Häuschenhaftigkeit hat sich dieser Tatort nicht hochrüsten können.
Sie beschreiben den Tatort als einen dunklen, uneinsehbaren Ort. Das kann aber nicht stimmen. Es war Vollmond in jener Nacht. Keine Wolken. Sie beschreiben den Tatort als städtisches Ensemble, er war aber durchsetzt von Vorortstimmungen. Sie reimen sich da etwas

zusammen. Ihre Details stimmen nicht. Das ist nicht Deutschland, wie es sitzt, steht und liegt. Das ist Dortmund, Jena, Nürnberg oder München, schon gar kein Gegenmünchen.

–

Ich bitte Sie. Schon wieder sprechen Sie von Nazis. Sie können es wohl nicht lassen, Sie können nicht aufhören, von Nazis zu sprechen. Das ist Antifajargon, das dürfte mittlerweile allen hier klar sein. Sie werfen Menschen mit rechter Gesinnung in einen Topf. Sie haben überhaupt keine Ahnung, wie differenziert die rechte Szene ist, wenn Sie hinsehen würden, böte sich Ihnen ein großes und breites Panorama! Und das Holzhäuschen, das Sie da gesehen haben wollen, existiert überhaupt nicht. Hier hat sich niemand niedergelassen. Sie eiern da durch diesen Tatort durch, als wäre er extra für Sie gebaut, und Sie sehen da und dort ein Gewaltverbrechen, das so nicht existierte. Das hat ja gar nicht stattgefunden!

Habe ich nicht.

Was der lieben Bundesanwaltschaft alles so einfällt: Auch die Raststätte haben Sie falsch beschrieben, diese Autobahnraststätte, auf der sich ein Verfassungsschutzmannführer mit einem übergeordneten Verfassungsschutzbeamten getroffen haben soll, da war nur eine Tankstelle, zumindest offen.

Nein, das wird die Verteidigung im Wechsel mit den anderen Gerichtsbeteiligten sagen. So oder ähnlich. Am Ende immer die Verteidigung. Das bleibt hängen.

Man wird Wiederholungsfragen stellen und beanstanden. Suggestivfragen, die dann nachträglich korrigiert oder abgewehrt werden. Aber sie stehen dann natürlich im Raum. Immer wieder wird dasselbe gefragt werden. Und dann wird gesagt, dass das verboten ist. Fragen, bei denen man mitschreiben muss, so schnell kommen sie rausgeschossen. Der Richter wird intervenieren. Sie werden sich allerdings stets vorgeführt vorkommen. Sie verstehen jetzt erst die Rede vom Zeugenbeistand, Sie dachten, Sie bräuchten so was nicht.

Sie sagen, Sie sitzen schon lange auf der Wartebank. Sie warten schon lange. Sie fragen sich, was passieren wird. Ich sage Ihnen, was passieren wird. Sie werden folgenden Vorhalt bekommen: »Dann kamen Männer von der diensthabenden Mordbereitschaft dran, die nachgefragt haben, ob es Ausländer waren, die zu sehen waren, nein, eher Deutsche, haben Sie gesagt.« Aber diese Aussage kam nicht von Ihnen, der im Keller vor Hitlerbildern sitzende Nachbar kam nicht von Ihnen, Sie waren es auch nicht, die Aussagen zur Kellertätigkeit einer Tatverdächtigen getätigt hat. Sie waren keine Nachbarin der Mutmaßlichen.

Dass Sie zu schweigen haben, wird Ihnen gleich zu Beginn mehrfach gesagt werden. Nur reden, wenn gefragt. Dass Sie konkret sein sollen. Bei dem Tatort bleiben. Sie werden aber nicht beim Tatort bleiben wollen. Der Verteidiger wird Sie unterbrechen. Er wird dazwischenfahren und Sie fragen, wie Sie sich das hier vorstellen. Der Richter wird zwar wieder diese Frage von ihm beanstanden, aber sie ist ja nun gestellt. Die Dinge stehen trotz Beanstandung im Raum. Zweimal werden Sie hinausgeschickt. Zweimal kommt es zu geheimen Beratungen des Senats. Sie werden den Eindruck haben, das Ganze könnte auch ohne Sie ablaufen. Warum sind Sie gekommen? Weil man Sie geladen hat. Das ist die ganze Antwort.

Das ist also der Moment, an dem Sie aussagen sollen, und ich kann Ihnen eines verraten, Sie können nicht sagen, Sie haben sich die Zahlen nicht gemerkt. Sie waren zu aufgeregt. Sie sind der Wahrheitspflicht unterworfen. Auch die Männer von der ständigen Mordbereitschaft sind das. Wenn Sie glauben, Sie können das Gericht hier dazu benutzen, Ihre Hetzkampagnen aufzuführen, dann haben Sie –

Sie haben also um 13.00 Uhr einen Lieferwagen vorfahren sehen. Sie haben also um 13.00 Uhr zwei Fahrradfahrer vorfahren sehen. Sie haben um 13.00 Uhr Fahrräder gesehen. Mehr nicht.

Wir haben dem nichts hinzuzufügen.

(Grundsatzyildiz)

Bitte? Ich habe gerade nicht zugehört. D. h., ich habe Ihre Frage nicht ganz verstanden. Können Sie das wiederholen? Also, ich bin ja nicht traumatisiert oder so was. Das wird jetzt falsch dargestellt. Bzw. das hätten Sie gerne. D. h., Sie würden mich gerne mit mehr Übung erleben. Die Person, die das sicher schon erfahren hat. Also eingeübt ist in Rassismuserfahrung. Versierter. Als könnte man in so was Übung haben. Im Grunde sind Sie die, die hier Übung bräuchten. Übung in der Frage: Was muss ich tun, um Deutsche zu sein? Übung in der Frage: Ich sehe noch nicht einmal türkisch aus, warum werde ich hier rassistisch beleidigt? Übung dabei, dass Sie es immer wieder vergessen. Dass es Sie andauernd treffen könnte. Ja, Sie! Sehen Sie, Sie stehen mit mir in dieser Trambahn und wissen immer noch nicht, dass jeden Moment jemand kommen kann und Sie angreifen – wie dumm ist das denn? Rechnen Sie doch ein bisschen mehr damit, das können Sie schon, los, los! Und wenn Sie sich dann wehren, dann werden Sie zusammengeschlagen, und niemand hilft Ihnen. Und die Polizei schickt dann eine Meldung raus, in der steht: Der Streit habe sich daran entzündet, dass Sie keine Maske getragen hätten. Obwohl das bullshit ist. Und, ach ja, das habe ich ganz vergessen, Sie sind 17 und gehen zur Schule. Elfte Klasse, und finden sich danach im Krankenhaus wieder, und was noch viel schlimmer ist, in einer lange währenden Schlaflosigkeit. Einschlafen klappt einfach nicht mehr, auch mit allen Tricks, Durchschlafen schon gar nicht. Das muss Ihnen endlich in die Birne. Ich erwarte das von Ihnen. Auch, dass Sie hierherkommen zu diesem Prozess und sich wie Falschgeld fühlen. Denn das waren ja nicht Ihre Angehörige, nicht

Ihre Freunde. Sie sind gekommen, weil Sie andauernd hörten, es könnte auch Sie treffen oder Ihresgleichen, und das wird es dann auch. Später. Dann in der Trambahn. Wenn Sie 17 sind. Jetzt stehen Sie noch in diesem Gericht. Und sind von vielen Menschen umgeben, die sich das nicht vorstellen können, dass Rassismus etwas mit ihnen zu tun hat. Und Sie gehören plötzlich irgendwie dazu, obwohl Sie das endlich dauernd im Kopf behalten. Sie können es sich nur immer wieder nicht vorstellen, das ist Ihr Problem. Und das bleibt es auch. Die Vorsicht Ihrer neuen Umgebung färbt auf Sie ab: Gewagt, sagen Sie plötzlich auch, so was wie strukturellen Rassismus zu behaupten, weil Sie plötzlich verunsichert sind. Vielleicht sind ja nicht alle Polizisten so, das waren immer nur die Ihren, vielleicht sind nicht alle Gerichtsvorgänge so, das war immer nur Ihr Gericht. Das, mit dem Sie zu tun haben. Die anderen machen ja andere Erfahrungen, und die Polizei weist das so überzeugend, manchmal auch nicht so überzeugend, von sich. Kein Lerneffekt bei Ihnen, ich sehe das schon. Noch haben Sie mit niemandem gesprochen, das wird später falsch dargestellt werden, so, als ob das Gericht Sie nicht einschüchtern würde. So als würden Sie immer im Community-Making sein. So, als ob nicht alle anderen miteinander redeten und Sie nicht. Sie denken immer noch, Sie wollen sehen, wie dieses Land so mit Ihresgleichen umgeht, obwohl Sie immer noch nicht so aussehen und nicht wissen, was das sein soll, Ihresgleichen, also nicht wirklich. Sie fühlen sich fremd in der Stadt und wollen sich auch fremd fühlen, behaupten Sie zumindest, Sie sprechen ja innerlich mit sich selbst. Warum dieses München? Aber nach Thüringen wären Sie ja auch nicht gefahren, das geben Sie schon zu. Das Tatortbezogene haben Sie noch nicht verstanden, das merke ich schon – ist auch schwer zu verstehen: Warum dieser Tartort und kein anderer? Null Lerneffekt auch bei der Erkenntnis, dass es gar nicht den Moment braucht, wo Sie Ihren Namen nennen, um rassifiziert zu werden, wie Sie immer annehmen. Es geht auch ohne. Aber Sie glauben, es ist Ihr Name, deswegen nennen Sie ihn nicht, und diese Nichtnennung oder Falschnennung soll Sie gewissermaßen schützen, tut es aber nicht. Schon gar nicht später. In der Tram. Sie scherzen noch, jetzt mit Ihrem Sitznachbarn, weil der doch aus dem Osten kommt. Auch in Ihrer Stadt im Ruhrgebiet gebe es eine starke Neonaziszene. Wo darin der Scherz liege? Sehen Sie, jetzt verstehen Sie endlich was. Mittags gehen Sie hinaus und setzen sich in die Sonne, sehen zu, wie andere, Gerichtsbeteiligte und Unbeteiligte, an Ihnen vorbei in die verschiedenen Lokale gehen oder in Cafés. Sie wollen in kein Café. Aber Sie merken sich die Gesichter. Wie ein Hobby. Für später, sagen Sie sich, als ob es einmal relevant würde. Später werden allerdings ganz andere Gesichter für Sie relevant, wutverzerrte Gesichter, die Sie nicht aus Ihren Albträumen streichen können, aber davon wissen Sie ja derzeit noch nichts. Also die Gerichtsgesichter. Einmal sitzt plötzlich ein Freigänger neben Ihnen, d. h. ein Angeklagter. Die haben ja auch Mittagspause. Die haben ja auch eine Sonne, in die sie sich setzen können. Sie sehen sich kurz an, und sein Blick verfinstert sich sofort in dem Moment, in dem Sie ihn erkennen. Später wird Ihnen klar werden, der weiß einfach, was Sie denken. Nur Sie wissen es im Moment noch nicht. Also dass Sie ihn bereits verurteilt haben. Für solche Twists sollen Sie da sein? Ja. Das ist es. Dieses Lernpaket ist nicht ohne Twists zu haben. Genau wie die Schlaflosigkeit. Genau wie die Verdrehungen, wie alles wiedergegeben wird, später, in der Presse, im Polizeibericht. Das Harmloseste davon: Ihresgleichen würde andauernd in Communitys arbeiten, Sie seien Netzwerker, denn so sind sie ja, Ihresgleichen. Schon wieder?, fragen Sie. Ja, welcome to your world! Ihre Welt besteht aus lauter Wiederholungen. So wird es auch später immer wieder heißen, Sie hätten keine Maske getragen, das war's. Oder: Irgendwas werden Sie schon gemacht haben, dass man Sie geschlagen hat. Selbst schuld, wird es auch immer wieder heißen. Das einzige Ding, dass keine Wiederholung hat, ist, dass sich die Polizei mal entschuldigt. Vielleicht in diesem Prozess, fragen Sie sich. Könnte ja mal vorkommen. Aber ich sage ja, null Lerneffekt.

Und nein, Sie werden in keiner anderen Zukunft aufwachen als der, die für Sie vorgesehen ist. Kommen Sie mir also jetzt nicht mit irgendwelchen Lernergebnissen, Sie haben ja gesehen, wie das bei Ihnen schiefging. Es läuft wie am Schnürchen, die reinste Vorsehung.

Sieht so eine Zukunft aus, fragen Sie sich dennoch

und wirken jetzt wie stehengelassen. Ganz allein für sich sagen Sie das: Kann das überhaupt so was wie eine Zukunft sein? Eine, in der sich immer wieder zwei Gruppen gegenüberstehen, die sich als Nazis beschimpfen? In der gesagt wird, dass Nazis die sein sollen, die einem nicht erlauben, wie Nazis zu denken. Oder die sagen, man sei ja nicht automatisch rechtsextrem, nur weil man sich einen Holocaust herbeiwünsche. Das wundert Sie. Ja, das können Sie noch, sich wundern. Ist doch erstaunlich! Und so wundern Sie sich gewaltig, dass Sie immer noch in einem Land leben, in dem man einen Menschen aufgrund von rechtsextremen Äußerungen nicht als rechtsextrem bezeichnen darf, weil es ihm einen größeren Schaden zufügt als seine hasserfüllten Äußerungen gegenüber anderen.

(Der Gerichtsopa)

»Das stimmt nicht.«

»Also das kann ich so nicht stehenlassen. Nein, wirklich nicht. Da hat es ja ein diesbezügliches Urteil gegeben. Warten Sie, ich sehe schnell nach, wo und wann … das war doch dieser Rapper …« Und nein, er sei nicht ins Stottern geraten. Wir stotterten doch hier, wenn dann, d. h., man höre uns kaum noch, wir meldeten uns nur noch ab und an zu Wort. Und dann könne man uns eben nicht mehr folgen. Aber das Gericht sei für alle da. Auch für die, die nicht stotterten. Auch für die, die so Ottonormalverbraucher seien und geradeheraus reden könnten – nicht nur für die Diversen, das möchte er schon sagen dürfen. Das Gericht sei nicht nur für die Fremdsprachigen, die Unkundigen, die Armen da. Nicht nur für die Queeren. Die Frauen. Die Prekären und Hakler. Arbeitende Bevölkerung. Also nicht nur für uns, wie jetzt immer behauptet wird. Aber er habe sich immer gut mit uns verstanden und werde jetzt nicht einfach von diesem Kurs abweichen. Nur, das müsse man immer im Kopf behalten, dass wir hier nicht alle repräsentierten. Wir seien hier nicht die Einzigen. Unsere Meinung sei nicht die, die für alle gelten könnte. Die Freiheit ist immer die Freiheit der anderen. Nicht? Das verstünden wir doch. Wir, die wir stets von »wir« sprächen. Sehr leichtfertig, finde er. Im Grunde seien wir wie seine Tochter. Die sei auch immer alle anderen. Wir seien seine Tochter!

Ob wir seine Tochter sehen könnten? Sie sitze da drüben. Dritte Reihe links. Die zweite, die mit den kurzen Haaren. Der roten Jacke. Nicht? Wir könnten sie nicht sehen? Dabei sei es doch nicht so schwer, sie zu erkennen. Und nein, er korrigiere sich, wir seien doch nicht seine Tochter. Sie gehört garantiert nicht zu uns, aber sie redet genauso gerne von einem »Wir« wie wir. Schon alleine, wie sie sich jetzt nach vorne beugt. Ja die. Endlich hätten wir sie mit unseren Blicken erfasst. Gerade mal 24 Jahre. Das jüngste Kind. Studentin. Die aber nichts auf die Reihe kriegt, das sei zumindest seine Meinung. Sie sitze seit sieben Wochen da und spreche mit ihm kein Wort. Sie hätten sich auseinandergelebt. Wir wüssten freilich nicht, wie das wäre, wenn die eigenen Kinder einen nicht mehr grüßten. Und nur weil Plädoyers stattfänden, sich im selben Raum aufhielten. So ziemlich das Gegenteil von »wir«.

Wie klein unser Kreis mittlerweile ist, darauf möchte er schon aufmerksam machen. Wir hätten das ja gar nicht wahrgenommen, wen es sonst noch alles gibt. Wie viele Menschen um uns sind, deren Bedürfnisse und Nöte wir ebenfalls nicht sehen. Er wolle uns mal die Wahrheit sagen: Wir seien ganz schön abgehoben mit unseren Forderungen. Wir würden nicht sehen, was das für eine Leistung sei, was alles herausgefunden wurde. Also er möchte nicht mit dem Richter tauschen. Wir würden das auch nicht wollen, oder? Nein, das machten wir nicht: Nie versetzten wir uns in den Richter rein. Wir seien die Unversetzten, die immer nur bei der eigenen Position blieben. Aber so sei kein Staat zu machen. Er wisse, wovon er rede, denn er habe vorher auch niemanden gesehen, allenfalls die Umrisse.

»Bitte lassen Sie mich ausreden! Ich sehe doch, Sie wollen mir ins Wort fallen. Die ganze Zeit schon.« Nie könnten wir zuhören. Immer wüssten wir es schon besser. »Das ist die Ungeduld der Jugend.« Dabei möchte er hier nur etwas vorwegschicken: »Ich habe nie gesagt, dass dieser Prozess nutzlos sein wird, genauso wenig wie ich dem Schlagartigen in der Verteidigung der Institutionen folgen möchte.« Im Gegenteil, wir seien ja die Schlagartigen, die immer eine sofortige Lösung wollten. Wir sollten uns ein bisschen weniger nach vorne beugen und ein bisschen mehr zuhören. Schon wieder glaubten wir, mit einer einzigen Aktion von unserer Seite wäre alles gelöst. Das ist ein Gefüge, habe er uns mehr als einmal zugerufen, eine gewachsene Institution, die ihre Gründe hat, so zu sein und nicht anders. Wenn man an einer Stelle was verändere, wirke sich das auf alle anderen Stellen aus.

Sicher, er höre sich das auch nicht gerne an, wenn es jetzt andauernd pauschal heiße, man müsse die Institutionen verteidigen. Jegliche Kritik am Gericht würde nur von rechts einkassiert werden, deswegen dürfe man gar nichts sagen. Das habe er auch so hier nie sagen wollen. Aber nach allen Jahren des Schlagartigen in der Kritik von Institutionen wisse er, es komme eben zu sehr vielen Kurzschlüssen da und dort. »Man darf das Kind nicht mit dem Bade auskippen.« Und das geschehe so schnell. Und dann ist das Kind fort, wie seine Tochter. Nein, das hier sei eine Gesamtabrechnung auf der falschen Bühne. Und auch, wenn wir den Eindruck hätten, die falsche Bühne sei sozusagen insgesamt um uns herum ausgebrochen, meine er, dass wir uns doch auf die Suche nach einer richtigen begeben sollten.

Auch würden wir andauernd »völlig untätige Organe der Rechtspflege« feststellen, obwohl es z. B. jetzt gerade die Angeklagte sei, die ihre Anwältin anschreie. D. h., sie streite sich mit ihr. Das würden wir doch mitkriegen, das gehe schon eine ganze Weile so und ist so ziemlich peinlich. »Ich möchte da nicht hinsehen, also ich möchte da wirklich nicht hinsehen, ich halte mir langsam die Hand vor das Gesicht. Mein Blick fällt nach unten, d. h. auf den unteren Teil der Empore. Ich sehe jetzt meine Tochter. Wie sie irgendwas mit ihren Händen macht. Ja, das ist das Kind, das ich tatsächlich mit dem Bade ausgekippt habe.«

Ob wir auch wahrgenommen hätten, wie seine Tochter sich bewegt habe? Ja. Da habe sich etwas an ihr und um sie herum bewegt. Sie habe sich mit ihrem Nachbarn besprochen. Er kenne den nicht. Sie sind offensichtlich zu zweit gekommen. Vermutlich ihr Freund. Nein, es sind auch andere, ihr Zusammenhang. Ihr Zusammenhang wächst, das habe sie auch immer gesagt. Und jetzt sitzen so einige um sie herum. Und jetzt habe sie ihn erkannt, ganz eindeutig. Komisch eigentlich. Die Vorstellung, dass die eigene Tochter Zeit braucht, um einen zu erkennen.

»So guckt doch hin!«

Direkt nach dem Plädoyer der Bundesanwaltschaft – in der ohnehin alles gesagt worden sein werde, was zu sagen sei –

»steht sie auf und beugt sich über die Brüstung. Sie wirft Papierfitzelchen über die Brüstung. Sie hat wohl die ganze Zeit über ihre Zettel zerrupft und wirft sie nach unten mitsamt den anderen. Ein Schneeregen an Papier, ein weißes Meer an Papierfitzelchen. Das ist ein Zeichen. Sie sagt Dinge auf ihre Weise. Das war schon immer so. Sprache ist begrenzt, immer schon vermint, hat sie mir mal entgegengehalten. Gleich wird sie rausgeführt werden von Vollzugsbeamten.« Während er weiterhören werde. Er werde hören, wie man auf 14 zeitliche Freiheitsstrafen und 14 lebenslange Freiheitsstrafen bei dieser Hauptangeklagten hinauswollen werde. Die Milchmädchenrechnung ergebe hier nämlich eine lebenslange Freiheitsstrafe mit der besonderen Schwere der Schuld. Die Mitverantwortung der Behörden wird auf Theorien, Behauptungen und Spekulationsniveau gehoben. Seine Tochter würde sagen: »Es hat sich gezeigt, dass sich Reue nicht lohnt, sondern Schweigen.« Ausgedehntes und überdehntes Schweigen, das selbst, wenn es reißt, nichts abwirft. Auch nach dem Urteil. Es wird aber kein Urteilsende geben, nicht hier. Sagt sie. »Ich rufe ihr zu, dass ich sie verstehe, aber sie erwarte zu viel, ich weiß allerdings nicht, ob sie mich noch gehört hat.«

(Omagegenrechts)

Sie möchte hier niemandem ins Wort fallen, aber so möchte sie nicht angesprochen werden. D.h., man spricht in ihrem Namen, und das möchte sie nicht.

(Bloggerklaus)

Dürfe er mal. Dürfe er mal an dieser Stelle übersetzen? Also bevor es jetzt zu weiteren Missverständnissen kommt.

»Weil, das wurde jetzt nicht richtig übersetzt«, das möchte er schon einmal sagen. »Nur weil hier jemand von uns nicht so gut Deutsch kann, muss man das nicht gleich ausnutzen und über die Person hinweggehen.« Er würde da gerne einmal einspringen. Er frage sich ja, ob hier oben wirklich alle alles verstünden. Hier sind doch sicher einige Zweitsprachler unter uns, die Schwierigkeiten haben zu folgen. Wer von uns habe Deutsch als erste Sprache? Na, das habe er sich gedacht. Er habe ja aufgepasst. Wir könnten wirklich kein ordentliches Deutsch, eher so ein unordentliches, aber das mache nichts. Dafür sei er da. Uns müsse man helfen und uns nicht ausgrenzen. Stattdessen nehme er wahr, wie hier ständig eine Mitte konstruiert werde …

Hallo! Er bitte mal um Ruhe. »Können wir nicht einmal zusammenarbeiten? Geht das nicht? Also können wir wenigstens einmal zusammenfinden …« Wir sähen doch, da gibt es diese Typen, die vorschlagen, wir treffen uns in der Mitte? Nein? Wo die Mitte ist, wollen die entscheiden? Aber deren Mitte ist ganz schön rechts außen, das habt ihr doch schon begriffen, nein? »Die Mitte der Gesellschaft liegt eben nicht zwischen rechtsextrem und liberal, aber gut, diese Mittenkonstrukteure sind nicht die, für die ich das schreibe.« Das seien, wenn schon, wir.

»Also lasst mich mal übersetzen.« – Was wir doch in Wirklichkeit meinten, sei, dass diese Entscheidung eine Auswirkung auf die Zukunft habe. Dass das Gericht nicht nur in die Vergangenheit gehe, sondern auch in die Zukunft, »habe ich recht?«

»Hallo, kann mir mal jemand zuhören. Das ist schon wichtig jetzt.«

Man hätte hier eine ganze Gruppe von Menschen, die einfach nicht mitgenommen würde. Und, nein, er habe hier nicht vor, über Mikroaggressionen gegen die LGTBQ-Community oder dergleichen zu referieren, wie ihm gerade schon wieder unterstellt wurde. Und man müsse hier definitiv bei den Makroaggressionen beginnen. »Das möchte ich euch schon sagen.« Und, nein, wir seien keine fiktive Gruppe, auch wenn wir das immer wieder annehmen würden. Uns gebe es wirklich, und wir stünden da. Wir seien anwesend gewesen, die ganze Zeit. Man habe uns nur abwesend gemacht, zumindest auf symbolischer Ebene.

»Also ich werde hier kein Staatsversagen mit diesen Typen gemeinsam beschwören. Oder von einem Zeugensterben faseln!« Das sei überhaupt nicht erwiesen und diene nur dazu, uns auf diese falsche Fährte zu locken. So könne man vor uns nicht reden, nach all dem, was wir erlebt hätten. Da müsse man Verantwortung übernehmen.

Echt jetzt? »Also wenn Sie mich fragen …«

»Ich will mich hier ja nicht in den Vordergrund spielen, aber zunächst muss ich hier einmal ein paar Irrtümer ausräumen: Ich heiße nicht Klaus, damit fängt es schon an. Ich bin nicht der, als den Sie mich da zeichnen. Meinen Namen wollen Sie nicht aussprechen, sowieso nicht, weil er Ihnen asozial erscheint. Ich bin kein Bildungsdeutscher, was, das hättet ihr auch nicht gedacht? Ich entpuppe mich als Mensch mit ehemals sozial auffälligem Hintergrund, das hätten Sie nicht gedacht, was? Aber ich möchte betonen, dass ich mich nicht auf Plätze setze, um Medienvertreter zu ärgern. Die machen ihre wichtige Arbeit, und ich eben die nebenwichtige. Sie haben mich Klaus genannt, weil Sie sich meinen Namen nicht merken können, er fällt Ihnen einfach nicht ein, die ganze Zeit schon nicht. Sie urteilen über mich, ohne auch nur einen Hauch einer Ahnung zu haben, was meine Geschichte ist.« Ja, diesbezüglich sei er ganz in unserer Nähe. Das fange schon damit an, dass diese Leute nicht verstehen könnten, dass so jemand wie er kein Vertrauen in den Rechtsstaat habe oder nicht an Institutionen glaube und gleichzeitig an ihnen festhalten wolle. An manchen. Entweder-oder, sagten die. »Leute, ein bisschen mehr Ambivalenz wagen, ja?« Er sei fest davon überzeugt, man müsse die polizeiliche Arbeit machen können. Man müsse da ganz schön dahinter sein. Leider zeige sich immer wieder, dass das nicht funktioniere. Wie diese Zusammenarbeit. Sie hätten ihn Klaus genannt und seien so um ihn herumgekommen, und wir hätten das so übernommen. Wir verstünden ja nicht, wie das hier zugehe. Sie hätten ihn nach München phantasiert, gut, auch das habe er zugelassen, aber dass er jetzt so ein Gerichtsfan sein solle und mit allen reden?

Er sei ja so informiert, würden wir andauernd hören, mit diesem ironischen Unterton, den diese Leute ja so gut beherrschten. »Sie haben also die Akten gelesen?« Als wäre nicht von vorneherein klar, dass man hier regelrecht mit Akten zugeworfen worden sei. Man hat sich ja kaum einen Überblick verschaffen können, und dann noch diese Verfassungsschutzakten, die seien kaum lesbar. Da regiert das Prinzip gezielte Unverständlichkeit. Und dieses »Zuscheißen mit Akten«, das einen ganz vergessen lässt, dass manche Sachen nicht in den Akten stehen. Hier regiert das Nichtwissen. Wie kommt ein Nichtkölner, ein Nichtdortmunder, ein Nichtrostocker, ein Nichthamburger, ein Nichtnürnberger und ein Nichtheilbronner auf solche Ideen? Nicht zu vergessen die Nichtmünchner. Von denen gibt es ja angeblich viele. Und genau da geraten wir ins Spiel, wir kennten uns aus mit dem Nichtwissen. Und mit den Minusmenschen seien wir ohnehin verwandt. Man solle sich besser bei uns erkundigen, als im Trüben zu stochern.

Apropos Trübes: Er sei auch dabei gewesen, als der Zeuge mit dem Hakenkreuz im Nacken auftrat. Die Richter und Verteidiger, die Bundesanwaltschaft sahen das nicht, denn nur von hinten konnte man das sehen, von der Nebenklage her. Ich war dabei, wie er nach der Pause mit einem Pflaster auftrat. Das Pflaster steht mir immer noch vor Augen. Es klebte alles zu, da war nichts zu sehen, aber darunter ging es munter weiter. »Das ist für mich das Sinnbild für den ganzen Prozess. Pflaster drauf und gut ist's.«

(Der O-Ton-Jurist)

»Wie willst du das gesehen haben? Das Pflaster sah nur die Nebenklage. Wir hier oben nicht. Das hast du dir erzählen lassen, also das hat man dir erzählt!« Er solle nicht so angeben. Er wisse, wann er etwas sehen könne und wann nicht.

Aber du …

»Du, ja du!«

»Kommen wir zu dir!« Wir sollten mal langsam mit dem »Wir« aufhören, hinter dem »Wir« stecke eine einfache Person, und die solle sich endlich mal zu erkennen geben. Das tut sie nämlich nicht. Seit geraumer Zeit. Aber er wisse schon Bescheid: Unsere Partner hätten wir vergrault, wenn wir denn je welche gehabt haben. Und das müsse er schon mal sagen, wir würden auch den falschen Leuten zuhören. War da nicht der Kriminalschriftsteller im Spiel, der das völlig falsch einordnet und ohnehin nie wirklich da war. Oder diese verrückte Nebenklagevertreterin, die Kollegin, das wüssten wir schon lange. »Wir« seien eine einzelne Person, und zwar so einzeln, wie er es lange nicht mehr erlebt hat. Also du …

»Du hast mich nicht ausreden lassen, und der Richter hat das beanstandet. Also gräme dich nicht. Hier werden die Sätze zu Ende gesprochen! Du hast ihn seinen Satz nicht zu Ende reden lassen, als wolltest du nicht, dass er über die Lebensferne sprechen werde.« Das gehöre nicht zum Leben des Wohnwagenanmieters dazu, habe er gesagt. Das Wissen um den Zweck der Anmietungen. »Zur Lebensferne gehört allerdings auch die Behauptung, dass der eine Angeklagte so gar nicht gewusst haben soll, wozu rund 65 Wohnwagenanmietungen dienen. Oder war es umgekehrt? Und war es nicht die Lebensferne, sondern das Lebensfremde? Nein, es war die Lebensferne. Das sollte nicht ausgesprochen werden, habe ich recht?«

Schweig.

Du weißt doch genau, dass die rechten Verteidiger genau das Gleiche beanstandet haben: dass nicht aufgeklärt wurde und dass ihrer Meinung nach der Verfassungsschutz das alles fabriziert habe. Du hast doch mitgekriegt, wie sie von der Schnappatmung der Nebenklagevertreter fabulieren, wie da eine Schwitzkastensituation phantasiert wird.

Du …

Du hast doch mitbekommen, wie sich deren Kritik am Verfassungsschutz mit der Benennung von Politikerdarstellern verbindet.

Du hast doch mitbekommen, wie man den Begriff

»Ausländerhasser« in Verbindung mit Idealisten bringt, weil man ihm den Begriff Realo gegenüberstellt.

Du hast mich dann nicht ausreden lassen. Du wolltest auf irgendeinen Beweisantrag hinaus, der völlig hirnrissig war. Kein Zusammenhang zu dem Tatbestand. Weder kausal noch –

Gibt es keine Grenzen für dich, wessen Mandat du annimmst?

Du warst nicht vor Ort, weil du für so etwas ohnehin keine Zeit hast. Geschäftstermine. Andere Prozesse.

Aber nein, du kommst in einem handelsüblichen Landgericht in den Raum und lässt dich von einem Richter beiordnen. Du weißt nicht einmal, wer dein Mandant ist. Du bist der Ersatzspieler.

Du, wie oft hast du nicht mal die Akte gelesen, weil der Prozess zwischenreinkam.

Ein Robenreinhänger, ja, das bist du. Von einem Gerichtstermin zum anderen.

Das tägliche Geschäft: Du hast dann gleich weiter müssen zu einem anderen Termin.

Warum bist du hier? Du hast aus Eitelkeit geglaubt, hier einmal vorbeischauen zu können.

Du bist ein Heurigenanwalt, einer, der so dahinschwafelt, aber die Akten nicht kennt.

Es ist doch völlig egal, ob du gewinnst oder nicht.

Auch im Moment schaust du nur aufs Geld.

Und hast dabei ganz die Zeit übersehen.

Und wie sehr du in den Spiegel blickst.

(Montag und Freitag)

»Es wundert mich nicht, dass du mich nicht gesehen hast. Du hättest mich die ganze Zeit nicht wahrgenommen, auch wenn du könntest, wie ich neben dir sitze. Du hättest mich ruhig ansprechen können. Wir kennen uns doch. Wir sind uns ganz schön oft über den Weg gelaufen. Unsere Wege haben sich sozusagen mehrfach gekreuzt. Aber warum bist du noch so weit hinten. Du hängst noch fest am 166. Tag. Ich bin schon weiter. Ich bin beim 418. Tag längst angekommen. Ich habe dich zugegebenermaßen überholt, aber es war nun auch endgültig an der Zeit. Ich sehe nach vorne, das ist so meine Art. Kommende Prozesse. Ich bereite andere Prozesse vor. Das hier ist doch längst vorbei.«

Nein, noch nicht aufgefallen? Das hier ist so was von vorbei.

Kaum zu glauben, du hast mich nicht bemerkt. Du warst so in deinen Mammutprozess verstrickt. Aber fein, dass wir uns jetzt austauschen. »Habe schon gemerkt, dass du eine Krise hast.«

Nein, hör mir mal zu.

»Success without victory«, das sei das Buch, das ich mal lesen sollte. Sie habe schon bemerkt, dass ich permanent auf diesem Sieg-Niederlage-Paradigma herumreiten würde. Es geht hier aber nicht um Sieg. Oder zu gewinnen, es gehe in dem, was sie mache, oft genug nur darum, einfach nur Öffentlichkeit herzustellen, Aufklärung zu betreiben oder die Rechtsprechung weiterzuentwickeln – eben strategische Prozessführung. Sicher, hier sei das zwar nicht so sehr das Thema, das Problem hier sind ja dann doch eher die Behörden, die sich der Aufklärung entziehen, die vielen Aussageverweigerungen von Seiten der Zeugen. Und der große zeitliche Abstand. Die jahrelangen Verstrickungen, die vielleicht eine andere rechtliche Antwort bräuchten. Mit einem Strafprozess dem beizukommen, das hast du dir doch auch nicht vorgestellt.

Was hast du dir erwartet? »Die Bundesanwaltschaft besteht eben auch nicht aus Helden.« Hier werden sie noch das eine oder andere versuchen. Aber ich müsse zugeben. Es sei im Grunde schon gelaufen. Die Akten werden gesperrt auf – wie viel? – 130 Jahre? Hier hat sich ein Schweigekurs ausgezahlt. Aber es sei jetzt vorbei. Das ist doch hier gelaufen. »Was hängst du hier noch rum? Doch nicht ernsthaft, um dein Momentum zu suchen. Immer suchst du in jedem Prozess ein Momentum, aber das ist hier eben ein Prozess ohne so was.«

Strenggenommen sei sie allerdings nicht meine direkte Sitznachbarin, sie sitze nur auf diesem Platz neben mir an den anderen Tagen. »Sei nicht so erstaunt. Es ist ja ganz einfach aufzuklären, warum du mich bisher nicht gesehen hast.« Dieses Gericht werde das Hauptverfahren hier Dienstag bis Donnerstag tagen lassen, »hast du das nicht gewusst?« Es finde nicht an jedem Wochentag statt. Am Montag und Freitag findet ein anderes Hauptverfahren gegen türkische Kommunisten statt, und da sitze sie in der Zuschauerbank. Da wehe freilich ein anderer Wind. Da werde das Politische nicht so weit weggehalten. Da stehe der Paragraph 129 deutlich im Vordergrund unter dem Buchstaben b, die Unterstützung einer ausländischen terroristischen Vereinigung. Ich würde das sicher von den vielen Kurdenprozessen kennen – ja, PKK. An meinem Mo-Frei-Prozess geht's um Kommunisten. Die sind auch Terroristen im Auge des türkischen Staates. Das laufe natürlich jenseits der breiten Öffentlichkeit, das interessiere kaum jemanden. Ich hätte sie also strenggenommen gar nicht bemerken können, auch wenn sie im selben Raum sitzen würde. Weil sie zu anderen Zeiten da sei.

Aber ich. Wann ich mich dem stellen würde, dass es vorbei sei? Die Zeitfrage sei doch die entscheidende? »Natürlich ist die Vergangenheit niemals einfach vergangen, das wissen wir. Und die Zukunft ist noch nie ausgegangen, auch wenn das leichthin gesagt wird.«

Ach das, das seien bloß andere Zeugen, also Menschen, die auf sie zukämen. Mal bei einer Veranstaltung, mal über das Netzwerk.

Sie werde mit ihnen reden, klar.

»Ihr habt die Kontrolle über die Situation«, werde sie ihren Mandanten sagen, wie immer. »Ihr könnt immer zurücktreten.« Und das gelinge meist auch, nur manchmal, wenn sie merke, die begännen zu dissoziieren, gebe sie denen was – ein Bonbon, egal – irgendetwas, was sie dann wieder auf den Boden bringt.

Ist hier nicht nötig, nein. Aber wenn Vergangenheit endlich einmal Vergangenheit wäre, das hätte doch manchmal auch was Gutes, nicht? Wer darüber bestimmt, wäre die einzige Frage.

(Ich)

»Im Gegenteil. Ich mag es einfach, wenn sie sich vorbereiten. Man kommt in den Saal und sieht Menschen, die sich zurechtmachen, wie ein Orchester, das die Instrumente stimmt. Und sei es, dass sie sich einfach den Schlips anziehen. Die Robe. Oder miteinander in gedämpftem Ton sprechen, so als ob schon etwas von der Terminierung im Raum sei, wie ein Versprechen – doch, das tun sie, sie sprechen und schrauben Flaschen zu. Sie sprechen und ordnen Akten. Sie telefonieren noch mal. Sie bewegen sich seitwärts an den Tischen und Sitzreihen entlang, während sie telefonieren. Jemand beißt von seiner Stulle ab – das ist aber ein anderes Verfahren. – Sie starren auf die Akten, scrollen Bildschirminhalte durch, während die Luft bereits etwas schwerer wird. Sie grüßen sich beim Reinkommen. Das ist ein anderes Verfahren. Rasch zu Ende geführte Telefonate aus Nebenprozessen stapeln sich bereits vor dem Gerichtseingang. Jemand weist noch auf den Anspruch auf Hinterbliebenengeld hin, den man mit einer Adhäsionsklage einführen könnte. »Ich habe dich akustisch nicht … gut … genau … also wenn er das möchte und der Bruder finanziell schwach auf der Brust ist, lohnt es sich, eine PKH zu beantragen.« Ich mag es, wenn schon Teile des Senats Platz nehmen – das ist ein anderes Verfahren, hier kommen sie immer gemeinsam rein. Hier hört man auch keine Lautsprecheransagen vom Gang her, die andere Verfahren betreffen. Zeugen, die aufgerufen werden, in den Saal 342 oder 8. Die Rollköfferchen am Gang, die zu Rollköfferchen im Saal werden, gibt es auch hier. Gleich geht es wieder los. Gleich beginnt ein neuer Gerichtstag.«

(…)

– Es werden andere Leute kommen, das weißt du
– Nein
– Es werden andere Leute kommen. Sie werden das Gericht stürmen
– Das ist was anderes, sie stürmen dann ja auch Regierungssitze
– Habt ihr diese Bilder gesehen?
– Sie werden es auseinandernehmen, so oder so
– Nein, sie werden nicht mehr wissen, wie sie sich benehmen sollen
– Es werden andere Leute kommen

– Sie werden denken, man kann mitreden
– Unsinn, das ist ein anderer Prozess
– Es ist immer der gleiche
– Es ist nie der gleiche
– Es werden andere Leute kommen
– Sie werden das hier ordentlich zu Ende bringen
– Sie werden denken, man kann mitreden
– Habt ihr auch diese Bilder gesehen?
– Nein. Sie werden das hier zu Ende bringen und viele Dinge rausgefunden haben
– Sie werden ein Urteil fällen
– Dinge, die man vorher nicht wusste
– Ein Urteil, zu dem man erst kommen muss
– Niemand kommt. Das Gericht bleibt dann leer
– Sie werden da sein
– Nein, werden sie nicht ganz
– So im Hier & Jetzt
– Es werden andere Leute kommen
– Alles muss man ihnen erklären
– Sie werden das Gerichtsgebäude stürmen, weil sie das nicht mehr wollen
– Das tun sie auch bei Regierungsgebäuden, Parlamenten, dem Bundestag
– Habt ihr die Bilder gesehen? Die Bilder von gestürmten Gerichten da und dort werden uns erreichen
– Legitimation durch Verfahren wird heute so schnell zu Bürokratie-Demokratie als Kulisse, kaum schaust du nicht hin

– Die Medien werden voll dabei sein, als könnten sie sich nicht daran sattessen
– Sie werden nicht mehr aufstehen, wenn der Senat erscheint
– Sie werden nicht mehr ruhig sein
– Alles muss man ihnen sagen, und sie wollen es nicht hören
– Man muss ihnen erklären, wie ein Gericht funktioniert
– Ein Gericht mit Richtern
– Oh doch, mit Richtern!
– Ein Gericht mit Staatsanwälten, richtigen Staatsanwälten
– Ein Gericht mit Verteidigern und Dolmetschern, die alles übersetzen
– Wirklich alles
– Das wissen die nicht
– Alles muss man ihnen erklären
– Das sind nicht Menschen, die sagen: Die Richter sollten sich auch mal wehren …
– Oder die die richterliche Autonomie da und dort in Frage gestellt sehen
– … wenn sie so viele Schwarzfahrer machen müssen, all die Gerichte blockiert mit diesem Schwarzfahren, jetzt mal im Ernst, dann …
– Jetzt mal im Ernst: Sie wissen nichts
– Wir werden dann aber nicht da sein
– Alles muss man ihnen erklären
– Wir kommen ja auch aus der Zukunft

– Und da findet niemand von hier aus hin
– Immer nur der Zukunft, nie aus der Vergangenheit
– Habt ihr auch diese Bilder gesehen?
– Ich mag es einfach, wenn sie sich vorbereiten. Man kommt in den Saal hinein und sieht sie …

IV. Urteil

Tut uns leid, aber das konnten wir nicht durchgehen lassen. Wenn hier angefangen wird, durcheinanderzureden, und wir hier nur divergierende Standpunkte haben, wenn es hier zu Handgreiflichkeiten kommt, dann müssen wir durchgreifen. Ja, wir korrigieren die Lautstärke gleich herunter, wenn alle sitzen. Wenn alle sich beruhigt haben, nicht mehr durcheinanderrufen und zurück auf ihren Plätzen sind. Bleiben wir in dem richtigen Tempo, dem Prozesstempo! Wenn einige davoneilen wollen, dann müssen wir uns leider von ihnen trennen. Aber gerne nehmen wir Botschaften auf, so die vom Bloggerklaus, man müsse nun endlich zu den Prozesstagen kommen, die das Verfahren entscheidend prägen werden, zu den entscheidenden Knackpunkten, wie es die Omagegenrechts ausdrücken würde, wäre sie noch hier, den strittigen Fragen. Wir nehmen eure Ideen und Kommentare gerne mit. Unseren Erklärburschen würden wir insofern folgen, als die Prozessordnung immer der Erklärung und Erläuterung bedürfe. Wir wissen im Augenblick nicht, wo es die hinverschlagen hat. Wir möchten Gerüchte dementieren, dass wir mit ihrem Verschwinden zu tun haben. Sie haben sich auch nicht in Luft aufgelöst, nein, so was machen Menschen nicht, »das solltet ihr am besten wissen«.

Nachher ist man immer schlauer, das nehmen wir als Botschaft gerne mit. »Ihr seid schuld«, würde die Antifayildiz jetzt sagen, weil das alles hinten und vorne nicht stimmt. »Ihr seid schuld«, so käme es auch vom Gerichtsopa, der in letzter Zeit immer mehr aus dem Osten gekommen ist, ja, das hört bei dem gar nicht mehr auf. Aber dass wir schuld sein sollen, ist natürlich Unsinn, wir sind hier nicht die Verantwortlichen.

Und ja, wir können garantieren, der Gerichtsopa wird ein Privatleben haben. Ob er wieder mit seiner Tochter sprechen wird, wissen wir nicht. Die Omagegenrechts wird sich wieder um ihr krankes Knie kümmern, und die Aufkündigungsyildiz wird ihr Studium fortsetzen. So viel wissen wir schon. Ihre Leben laufen weiter, vielleicht laufen sie auch jetzt schon weiter oder in einem Moment, draußen sind sie in jedem Fall.

Hier fehlt doch noch so viel, hätte der O-Ton-Jurist und der Bloggerklaus in einem gerufen, »das könnt ihr doch nicht machen.« – Doch, doch, das können wir. Denn es muss eben irgendwann Schluss sein, jeder Prozess kommt irgendwann zu seinem Ende. Und danach wird eine Stille herrschen, eine Landesstille, eine Bundesstille, und die Stille in der Stadt nach dem Urteil ist wirklich unbeschreiblich. Die Medienmenschen werden nach Hause gegangen sein und in dieser Stille sitzen bleiben, die auch den Angehörigen zuteilwurde, die sie »das Abfeiern eines Quasifreispruchs« nennen.

Insofern … Sorry, aber wir können wohl kaum den Prozess noch mal für euch führen, haben wir gesagt, nichts weiter. Ja, sorry. Das tut uns leid. Alles Weitere sei Spekulation, wird der Bundesstaatsanwalt nämlich längst formuliert haben. Er wird seinen Worten Nachdruck verliehen haben. Alles weitere sei Spekulation. Oder Fliegengesumm. Nein, so ein Wort wird er nicht verwenden, das wäre ja despektierlich. Das wäre ja eine ungeheuerliche Unterstellung der Nebenklage gegenüber. Später wird es heißen: Das Gericht hat aus seiner Versteinerung nicht mehr herausgefunden, schon gar nicht mit sprachlichen Mitteln. Ein Gemälde aus Beton. Ein Beton, der Applaus verlangt, der immer stärker nach Applaus verlangt, je länger er trocknet, ein Beton der Superlative: Der teuerste und längste Nachwendeprozess. »Ich war damals nicht ich selbst«, wird die bestmögliche Aussage eines Angeklagten bleiben.

Das Urteil wird plötzlich kommen, und im Nachhinein wird man sagen, man habe die Plötzlichkeit nicht kommen sehen. Um es vorwegzunehmen: Niemand von uns wird ein Urteil sprechen wollen. Wir wissen nicht, wie es ausfallen könnte. Wir wissen nicht, was der Richter machen wird. Und nein, wir haben auch keinen Taschenrichter in der Hose, den man herausziehen kann und schon mal loslegen lässt. Ich meine, alle wollen Richter spielen, niemand will die Verantwortung tragen, die Verantwortung für einen Richtspruch. Wäre ja möglich. Ganz am Ende löst sich alles einfach auf. Nein. So ist es nicht. Außerdem wollen wir noch mal zu Protokoll geben, wir waren es nicht, die gesagt haben, jetzt müsse Schluss sein, jetzt müsse die Sache ein Ende haben.

Das Urteil wird kommen, und niemand von uns wird da sein. Vielleicht werden wir schon vor dem Urteil abbiegen, ja, zugegeben, wir werden sogar sehr vermutlich abgebogen sein davor, sonst wüssten wir es doch. Also so, wie wir im Moment aufgestellt sind. Wir werden uns die Plädoyers nicht wirklich angehört haben, anders können wir uns das derzeit nicht vorstellen. Wir werden nicht mehr da sein, wenn der Richter den Sack zumacht. Oder aber wir behalten unrecht und werden uns tatsächlich zum letzten Mal erhoben haben. Zum letzten Mal das hohe Gericht begrüßen, ihm den Respekt erweisen. Wir werden nicht gesagt haben: Das ist jetzt der Moment, auf den alles zugelaufen ist. Auf den wir alle fünf Jahre lang gewartet haben werden, denn so wird sich das nicht anfühlen.

Klar ist, wir werden in keinem Fall mehr vorhanden sein, wenn die Applausstrecke beginnt, die Gesamtapplausstrecke und mit ihr die fürchterliche Teilapplausstrecke der Direkthemden, die vom Richter und seinem Senat mit Ordnungsrufen nicht mehr verhindert werden kann. Es wird schon klar sein, woraus das Urteil sich zusammensetzt. Aus Tateinheiten und Tatmehrheiten, aus Begründungszusammenhängen. Es werden dann schon Haftstrafen abgesessen worden sein und Angeklagte einfach gehen können, so dass es wie ein Freispruch aussehen wird.

Man wird uns hernach erzählen, dass kein wirklicher Satz aus dem Mund des Richters gekommen ist während dieses Urteils. Nichts Zitierbares, wird von den Pressemenschen zu hören sein. Wie so eine Seminararbeit. Nicht lesbar im Grunde. Nein, das werden sie nicht sagen, das wäre ja despektierlich. Es wird wieder heißen: Das Gericht hat aus seiner Versteinerung nicht mehr herausgefunden. Ein Gemälde aus Beton. Der Prozess ist durch und durch getrocknet. Es ist alles gesagt worden, jetzt setzt endlich die schnelle Vergangenheit ein. Und dann: »Achtung! Das Nachleben des Prozesses beginnt jetzt!« Das Verlassen des Gerichts wird ein großes Schauspiel werden. Alle gehen jetzt raus, selbst ehemalige Angeklagte, die jetzt etwas anderes sind. Verurteilte? Ja, das Verlassen des Gerichts wird eine große Nummer. Ein Spektakel, bei dem unbedingt alle Medien dabei sein müssen, mit theatralen Auftritten vor den Gerichtstüren. Und dann wird tatsächlich das Nachleben der Hauptverhandlung beginnen, und die Zeit der Aussprache ist um. Es werden alle den Gerichtssaal verlassen haben, so als würde niemand mehr je reinkommen wollen. Sie werden rausgegangen sein, man wird die Schritte noch lange in den Ohren haben. Ein Nachhall. Vielleicht wird man aber auch feststellen, dass die Wege aus dem Gericht komplizierter sind als die, die hineinführen. Das Hinausgehen wird viel schwieriger sein, und manch einer verirrt sich noch lange, aber am Ende sind alle draußen, da helfen die Beamten nach, oder?

Das Gebäude wird jetzt still daliegen, nichts tut sich

mehr. Vielleicht gibt es da noch diese eine Fliege, bei der sich alle überlegen, wie sie reingekommen ist. Es wird leise sein auch um das Gebäude herum, denn der Demonstrationszug ist weitergezogen. Sie sind in Richtung Marienplatz oder Feldherrnhalle. Alle Demonstrationszüge werden in letzter Instanz immer vom Gericht wegführen, hin zur Politik, heißt es. Es wird sich einfach nichts mehr bewegen. Auch die Putzkolonne ist schon durch. Und dann? Schon kurz danach wird man das Gericht nicht mehr finden, da kann man die Busfahrerin fragen nach der Haltestelle Gericht, soviel man will, sie wird immer antworten, »die gibts nicht mehr.« – »Warum?«, kann man dann nachhaken, und sie wird brummeln: »Weiß nicht, der Richter geht gerne segeln.« Oder man kommt mit der U-Bahn und wird sich wundern, wo die Haltestelle geblieben ist. Und dann gibt es noch die Schwierigkeiten, den Gebäudeeingang zu finden. Umbau, wird es heißen. »Renovierung und Sanierung.« Und wenn man mit dem Auto anreisen will, wird man garantiert die Ausfahrt verpassen und auf irgendeiner Stadtautobahn bleiben, von der man niemals runterkommt.

Aber wir greifen vor, ein letztes Mal. Im Augenblick wird sich auf dem Weg hinaus niemand mehr räuspern. Kein Tuscheln mehr in den oberen Reihen, kein Gelächter. Hier, wo wir sind, wirkt bereits alles wie ausgestorben. Andere Institutionen werden ihre Arbeit längst aufgenommen haben. Die tüchtigen Untersuchungsausschüsse, die dann wieder auf das Oberlandesgericht verweisen werden, das wiederum zurückverweisen wird in ihre Richtung, ein ständiges Verweismuster wird sich da ergeben ohne Interferenzen. Oder es wird auf die Unbekanntverfahren hingewiesen, die bald wieder eingestellt werden, auf die Revisionsanträge, denen nicht stattgegeben wird.

Später einmal, wenn dieser Prozess etwas länger zurückliegen wird, wird man erkennen: Das war tatsächlich das Urteil, an jenem Tag. Heute aber noch nicht. Später einmal, wenn dieser Prozess länger zurückliegen wird, wird man dem vielleicht mit einem Kopfschütteln begegnen, obwohl es ein ungerechtes Kopfschütteln sein wird, ein unsachgemäßes, denn der Richter wird alles richtig gemacht haben, wie die abschlägigen Antworten auf die Revisionsanträge zeigen werden. Es ist das übliche falsche Kopfschütteln, das in einem neuen Kontext stattfinden wird, in dem es ein paar Tote mehr gibt, öffentlich wirksamere Tote. Einen CDU-Politiker wird es brauchen oder einen beliebten Fernsehmoderator. Genau wissen wir das noch nicht.

Aber wir, wir haben jetzt ernste Probleme mit dem Fortkommen. Wir hängen regelrecht fest. Das Problem wird schon mal die steile Treppe sein, die man nicht mehr hinuntergehen kann. Das Problem werden die schweren Glastüren sein, die wir nicht aufbekommen. Das Problem wird der zu enge Winkel sein, den wir im Treppenhaus nicht einnehmen können. Das Problem werden die Polizeifächer sein, die wir nicht mehr finden. All unsere Gegenstände! Wo sind all unsere Gegenstände? Das Problem werden die Sachen sein, die wir jetzt alle entgegennehmen müssen aus den Polizeifächern, bei denen man sagt, das seien doch unsere. Das gehört uns doch, und das sollen wir schön wieder nach Hause nehmen. Das sei Teil der Abmachung. Wir sollen all diese explosiven Sachen wieder mitnehmen. Doch wir können sie nicht tragen. Sie sind uns zu schwer geworden. Das Problem ist die Orientierung, die uns verloren gegangen ist. Und die Menschenströme, die immer nur an uns vorbeiführen. Jede Menge Menschenmassen, die sich zum Ausgang drängeln, immer zum Ausgang. Sie werden uns anrempeln. Sie werden uns umstoßen, wir werden umfallen. Sie werden wie wir nach draußen wollen, mit jedem Recht. Wir werden bei jedem Versuch, aus dem Gericht zu kommen, nur tiefer in ihm verschwinden. Von uns wird nicht mehr viel übrig sein. Zerrieben, aufgerieben werden wir sein. Ein kleines Stäubchen, ein Restchen vielleicht, aber nicht mehr viel. Das Problem werden auch die Bahnstrecken sein, die hier nicht mehr wegführen. Von hier aus kann man nirgendwohin mehr fahren, weder nach Nordhessen oder nach Westthüringen, ins Sauerland oder ins Mecklenburgische. Von hier aus findet sich kein Weg zum Flughafen, von dem aus man uralte Lufthansastrecken abfliegen könnte, nach Berlin, nach Frankfurt oder nach Münchhausen, wo man sich Geschichten erzählt. Wo die Welt als eine Ansammlung an skurrilen Ereignissen und Begebenheiten erscheint, wo einem Dinge einfach zufällig zustoßen und nicht etwa geplant und eingerichtet. Ein herrlicher Ort. Wo man immer die richtigen Ausweispapiere mit sich trägt und immer die richtige Hautfarbe mit sich führt, nahe am Körper sozusagen. Und gewaltbereite Typen überfliegt man einfach mit Kanonenkugeln, genauso wie Grenzen.

Sind wir ins Stottern geraten, oder warum sieht man uns so an? Haben wir etwa die Farbe gewechselt?

Gar nichts haben wir.

Das ist das Problem. Wir wollten doch hier rauskommen.

Also von vorne. Wir gehen wieder in Ausgangsposition, mit leicht angewinkelten Armen. Wir atmen ein, wir atmen aus. Es heißt ja: Gleich nach dem Verlassen des Gerichts soll das Ausatmen beginnen. Man muss ausatmen, auch die Gerichtsdiener, die Dolmetscher und der Notarzt müssen ausatmen, die Vollzugsbeamten müssen einmal ausatmen und auch die Pressesprecherin. Die Senatskollegen, die kaum etwas öffentlich gesagt haben, werden ausatmen müssen und all die anderen indirekten Gerichtsmenschen, die Lebensgefährtinnen und Freundinnen, die Kinder und Nachbarn, die wollen auch mit dem Ausatmen beginnen. Die Hinterbliebenen, die haben es auch auf das Ausatmen abgesehen, da geht es schon schwerer. Es ist nicht vorbei, wissen wir. Es ist ein falsches Ausatmen. Und danach, danach erst kommt ein neues Einatmen. Doch das lässt auf sich warten.

»Hier fehlt ja so viel«, sagt in diesem Moment aber jemand. »Seid ihr das jetzt gewesen?« – »Ihr könnt doch jetzt wirklich nicht behaupten, dass es das jetzt war.« Wessen Stimme war das? Jemand von euch? Nein. Wir können euch im Grunde nicht mehr hören. Hört ihr?

Inhalt

In Gedenken an Enver Şimşek, Abdurrahim Özüdoğru, Süleyman Taşköprü, Habil Kılıç, Mehmet Turgut, İsmail Yaşar, Theodoros Boulgarides, Mehmet Kubaşık, Halit Yozgat, Michèle Kiesewetter

Diese Arbeit wäre ohne die Protokollarbeit zahlreicher Menschen von NSU-Watch und ohne die Protokolle von Annette Ramelsberger, Wiebke Ramm, Tanjev Schultz und Rainer Stadler nicht möglich gewesen. Ich habe ihnen und vielen anderen Gesprächspartner*innen aus dem Prozessumfeld zu danken!

Darüberhinaus möchte ich meinen besonderen Dank Edith Lunnebach und Wolfgang Kaleck aussprechen.

Unterstützt wurde »Laufendes Verfahren« von dem Berliner Senat, dem Deutschen Literaturfonds und dem österreichischen Ministerium für Kunst, Kultur, öffentlichen Dienst und Sport.